我与世界只差一场旅行

no travel, no world

蓦然白 等/著

中国铁道出版社
CHINA RAILWAY PUBLISHING HOUSE

前言 旅行的境界

年轻时，常为逃避现实而旅行，一言不合就背包。

后来发现，所有旅行都有终点，生活终将归于平静。

旅行也许不能解决问题，但却给你提供了新的时间、空间和视角，通过陌生的人、陌生的地方，让你认识一个陌生的自己，给了人生另一种可能性。

曾经，在吴哥窟，遇到一位求我帮忙拍照的独行老人，我接过相机，是最老式的胶卷相机，但相机太轻。

我问老人，您没放胶卷?

老人说，没放，你按吧。

看着老人面对镜头灿烂的笑容，我根本猜不透他在用空相机记录什么，伴随着黄昏渐暗的环境，崩密列盘根错节的古树绞杀着破败的庙宇，甚至开始感到恐惧。

我是拍给我老伴的，她去世十年，我俩最喜一起旅行，她爱拍照，这样她就能看见。老人拿回相机，看着表情复杂的我，一字一句地说着。

还没等我缓过神来，他脱下鞋取出一个小纸条，说，你看，这是我在洛杉机的家庭地址，我就随身带着，如果有一天我死在路上，有人会帮我把骨灰寄回去。

他说这些的时候，特别轻描淡写，就像在说别人的故事。

这大概是一次向死而生的旅行吧，虽然没有目的地，他却清楚自己的终点在哪。在我看来，与其说是让空白相机把合影送给天堂的爱人，不如说，老人在用最浪漫的方式表达对老伴的思念，爱是驱散孤独最好的方式。

这样的桥段，能让恐婚的青年渴望婚姻，能让失恋的小伙重燃希望，能让吵架的情侣珍惜彼此，能让更多生活在平平淡淡中的我们，感慨人生还可以这样活。

我们唯一的悲哀是生活于愿望之中而没有希望，如果你不能做演员，去体验成为别人，那么，你可以试试走出去，看看别人的生活，听听别人的故事，给自己一次远行。

无所谓拍了什么样的美景，无所谓到了多少个国家，无所谓登上了多高的山，只为：

遇见优秀的自己！

世界有多大，取决于你的心，想走多远。

草在结它的种子

风在摇它的叶子

我们站着，不说话

就十分美好

——顾城

我与世界只差一场旅行。

小 S

逃避 or 自由？

认识自己 or 找到方向？

感受大自然 or 探索未知性？

马尼拉的泪 = 末末

当你没有跨出那一步时，或许你永远都不能感知世界究竟是什么样的世界。它是山外的山，是海外的无境，而旅行让你一点点看清它那迷蒙的样子。

行者天堂——尼泊尔徒步札记 = 小 S

旅行总免不了遗憾。这次尼泊尔徒步我们忘记去博达哈佛塔，因为天气不好没坐上滑翔伞，突然没能在费瓦湖游船，扎娜止步博卡拉……但我们都有意想不到的收获，做了不曾尝试过的事，也被陌生人感动。

琉璃海之歌 = 魔方

世界那么大，我们却独居一隅。

人已然是时间的过客，以一生为徒劳的过程，再不去做个广阔空间的访客，任由大千虚幻于影像中，这过程就被埋在了井底。

一念而动，抬脚有未知。去或不去，沧海桑田并不陪我们同步老矣。与其困守围城，不如纵步乾坤。

我们和远方之间，只隔着出发，走得越远，自己的位置才越清晰。

奥地利，不仅是一场旅行 = 龙传人 & 杨诗源

我们携手去看远方，触摸浮华光影和虚无文字背后的真相。现实生活和那些遥远的城市，本是不同维度的两个世界，如一张白纸上两个相隔遥远的黑点，唯有在抵达的这一刻，才能像纸张折叠那个瞬间一般重叠。从此以后，面对不同的意见，只需淡然一笑：因为只有你见过的世界，才是有意义的存在。

我与世界只差一场旅行 = 达尼贾

当我困在原地，想不明白一些烦心事，或者遇见了无法攻破的屏障，陷在一段焦头烂额的工作中不得前进。我就会知道，我要启程了。去看看不一样的风景，与有趣的陌生人聊聊天，尝尝不同的一日三餐。当我回来时，我就会有勇气一切重新开始。

坦桑尼亚在云和山的彼端 = 暮然白 & 云在青天

看一百次心理医生，不如一次旅行。

以前总觉得旅行是用来思考的，与世界相连的，后来发现旅行是消除无知与怨恨的最好方法。现在觉得旅行是老了的时候用来回忆的。

为每一段旅程拍一些照片，写一段故事，它们便有了生命。愿每个生命都被这世界温柔相对。

目录 Contents

奥地利，不仅是一场旅行

我与世界只差一场旅行

坦桑尼亚在云和山的彼端

今天阳光正好，屋外的草地是恰到好处的生机。我的眼睛里倒映着的是风景和美丽的你，而这就是旅行的意义。

忘不了的是那晚灿烂的星河，院子中央我们围炉而坐。跳跃着的火焰把你的脸映衬得红彤彤，而我突然看到你的眼睛里也有一整个银河。

假期姗姗来迟，忙里偷闲去享受片刻悠闲时光。眼里看到的都是新鲜的摆设，这一刻我意识到，旅行可以很近，也可以是我一个人的事。

星期天的下午，阳光变得太有温度，我们赖在家里找不到去处。于是决定环岛旅行去，结果却找不到地图。星期天的下午，找不到地图的下午，我们和大富翁一起迷路。

许多人希望长生不老，却不知道如何度过一个无聊的周末。我看着这城市车水马龙，心里在想着，有没有人就在这条街恰巧遇见呢？

这么多的建筑像迷宫，我一步一步走在梦境里：城堡里恰巧住着倾国倾城的公主；爱丽丝刚刚来得及钻过兔子洞……一切都是最美好的样子。

清晨的海边非常宁静，这个时候整个城市还在酣睡。太阳逐渐从山的另一边升起，天空也因此而带上妙不可言的斑斓色彩。我喜欢每个有日出的早晨，这让我觉得一切都还来得及。

如果不曾走出来看看，你大概永远看不到如此风景。圣经上说，“我又看到一片新天新地，连海也不再有了”。

列车一路前行，风景一帧一帧在眼前掠过。我看到村庄升腾起袅袅炊烟，也看到一片无边的旷野。眼前的景象让我觉得，我靠近的不是火车上的玻璃窗，而是整个世界。

我见过蔚蓝无际的大海，走过壮阔俊美的高山，遇过行止艰难的沙漠。我这一生本应尽兴，遗憾的是从未与你站在桥上看风景。

感谢这世界上有人发明了船，让我们有机会泛舟画中。我不能形容此刻感受，甚至不能思考，只想把这种光景印在脑海里，今生永远不要忘记。

一路走走停停，发现比美丽更美丽的风景。我热爱大海，并且信仰高山，如果你也来，最好你也喜欢这里。

马尼拉的泪

末末

文艺范 | 艺术控 | 记录者

末末，百度旅游特邀行程规划师、百度旅游旅行达人，足迹遍布全世界。目前就职于聚焦传统东方生活方式的互联网公司，主业采访东方手艺人、策划视频节目，副业记录者，继续把旅行和生活中的故事都记录成书。曾出版旅行散文集《青春在美国转机》。

春节，飞往克拉克

去菲律宾那一天，是2015年的新年。年三十的夜晚，这个所有人都在往家跑的时刻，我和闺蜜包子约定在市中心的必胜客见面，然后搭大巴车一起去上海浦东机场。

3个半小时的行程中，我们睡睡醒醒，车外时不时地闪过一朵朵烟花，而我们又要一起去旅行了，这一站是菲律宾克拉克，一个并不太热门的城市。有趣的是，当我们连目的地是个什么样的国家都不知道时，就会匆忙踏上行程——刚开始旅行的那会儿，我们都没有习惯做攻略。

飞机抵达菲律宾，已经是凌晨两三点，又是在昏昏沉沉中，我们跟着接机的车来到克拉克的别墅区，这里的酒店很特别，有一层、两层、三层的别墅，非常空旷。我们住的是一座白色的平层别墅，很难想象它居然被称为别墅，走进去就是一个三室一厅的房子，普通得不能再普通，里面也是有一点旧旧的，还有些许潮湿味。但这确实是大部分当地人永远都不会花钱来住的地方，这里在他们看来非常昂贵。

听说，在很久以前这里还是美军驻扎在菲律宾时住的别墅。

别墅区很开阔，每一间房子都分得很开，房子的门口有一片草坪和院子，会有工作人员开着高尔夫小车接送我们。3个多的车程再加上

克拉克的别墅区

3个多小时的飞机，让我们觉得很疲惫，只是匆匆往头上看了眼，“哇，居然是漫天的繁星。”

好吧，这里的夜空很透彻，漫天的繁星似乎离我们很近，很近。确实好久没有看到这样干净的星空了。那么，明天应该是个晴天。回房间后，我们都还未整理就已经沉沉睡去。

冬天去热带旅行，最幸福的事就是可以脱掉一层一层的冬衣，穿着轻薄的裙子在海边嘚瑟。我们睡了不过五六个小时，阳光早已晒进我们的房间。我们各自换上裙子后，包子的任务就是给自己盘好头发，再帮我来编蜈蚣辫。我的手很笨，若不提醒我，我就会扎起一把辫子，或者披着长发就出门了。而包子说，女孩就要爱自己，要漂漂亮亮的才好。等一切就绪后，我们出了门，去到酒店的餐厅吃自助早餐。在菲律宾酒店的餐厅里，为了欢迎中国的游客，融入了很多新年的项目。

比如传统的对联、灯会，居然还有人在大厅里舞狮子，穿着福娃的衣服。似乎，在中国，传统的节日氛围都已经没有那么浓厚了，反倒是在异乡，有了过年的气氛。酒店将一整张丰富的活动表单贴在大堂，游客们一直抓着福娃合影。我们参观过后就去吃早餐了，酒店的

闺蜜 · 包子

早餐也有中国人习惯喝的粥与港式点心。

在那里，我们见到了许久未见的、真正意义上的蓝天。走在克拉克的公园里，植被很绿，鸡蛋花很鲜艳，我眼前的包子也穿得和朵花似的，在这里不论是散步，还是跑步，都会觉得心很静，不会有嘈杂的人群。

克拉克公园 · 小贩售卖的冰棍

在用过早餐后，我们去了当地的博物馆。这大概是我见过的最小的博物馆了，感觉一眼就可以望穿。博物馆里其实主要也就是些“二战”时期遗留下来的东西。1942 年，菲律宾被日军占领。“二战”后，菲律宾一度重新沦为美国的殖民地。那些遗留下来的东西，都是战争的缩影。

在博物馆的门口，也有留下来的炮台和武器。当战争落下帷幕，城市走向和平后，这些留下的疮口被摆在门前让游人玩趣，然后再看看眼前的城市，依旧没有完全从战争里走出来。

我们停留了不久，便乘车去往马尼拉。

初见，马尼拉

马尼拉为什么叫马尼拉呢？有人说，过去的街道是土路，风一吹便尘土飞扬，赶上下雨天就满是泥浆，马车轮子上泥团滚滚，看上去好像是马拉着泥团在走，所以华人把这种现象叫作“马泥拉”。

这种说法当然属于调侃，真正的原因是当年横穿城市东西的帕西格河畔有许多叫作“尼拉特”的植物，开着星状的白花，不但看上去赏心悦目，而且可以制造当颜料的靛蓝。当地人很珍爱这种植物，就把此地称为“梅尼拉特”，意思是“有尼拉特的地方”。久而久之，“梅尼拉特”就演变成了马尼拉，昔日的吕宋小渔村现在发展成为全国政治、经济、文化和交通的中心。

我去过三次马尼拉，和包子一起去的这一次，印象是最深的。在去的路上，我们只是一个劲儿地对吉普尼感兴趣，觉得菲律宾这种随上随下的交通工具很可爱。菲律宾人会把奔驰的标签和各种不靠谱的东西往车上贴，每一辆看起来都像是一件独立的艺术作品。不过，如果真让我们坐，我们也有点不敢。车里面黑漆漆地坐了一堆乘客，有当地人也有外地人，感觉坐上后你都不知道会被带往哪儿。

那一天，我们先去了黎刹公园。这里的中央竖立着领导菲律宾独立运动的英雄荷西·黎刹的铜像。类似的景象在各个国家都不难看见，但让我意外的是，公园里有很多露宿街头的人，他们穿得破破烂烂，有的躺在草坪上，有的躺在石凳上，甚至还有妈妈在喂奶。

我和包子拿着相机走近，一个看起来不太干净的，留着微长头发的父亲抱着自己的女儿，用不太流利的英文和我们交流。他的意思大致是他从来没有和女儿拍过一张照片，他指指我们的相机，希望我们能给他们拍一张合影。

正在喂奶的母亲

父亲和女儿

我心里有点五味陈杂，有一种说不出的感觉。

我拿起相机，爸爸的脸上没有特别灿烂的微笑，而是搂紧了怀里的女儿，笨拙地用手指向我比划了一个“yeah”，这个画面一直记在我的心里。

临走时，我有些难过，因为我永远没有办法把照片寄给他，我要是带拍立得或者照片打印机就好了，这样他们就可以得到一张真正的照片了。

来东南亚旅行之前，在我的想象中，东南亚应该是亚洲很早发展的国家，沿海的经济发展应该都不错。但是真正看到后才发现，现实与我的想象大相径庭，当地人大概有1000多元人民币的月均收入就已经显得非常体面了。而且，这边还有一个现象，很多女人都选择出去做菲佣，因为菲佣的工资相对来说非常高，她们可以以此来养活自己的整个家庭。

离开了黎刹公园，我们中午在马尼拉大教堂附近吃饭。那边的海鲜非常物美价廉，很多店家用一个小塑料瓶养着类似虾蛄的生物。但那只虾蛄基本和塑料瓶差不多大小，从瓶口肯定是塞不进去的，我们当时就揣测着，是不是它从小就在里面。这样，它就跑不了了。

在菲律宾，永远不用担心没有好吃的，这里有华侨城，也有中菲友谊门。这里其实大部分都是华侨，很多人都会做中餐。

这里的民众挺朴实的，他们对中国人也挺友好。

我们吃了一顿中餐，然后走路到了附近的马尼拉大教堂。我很喜欢马尼拉大教堂，因为很多教堂总是会对游客封闭，游客不能进去或者必须在周末才能进，而马尼拉大教堂对所有人都开放，我们可以直接从门口走进去。如果你运气好，还能碰到教堂正在举行庄严的婚礼。那大概是所有女生心中的梦吧，走进一座纯洁的教堂，在牧师的见证下宣读誓言，阳光透过彩色的玻璃窗射进来，在那一束光前，拿出戒指戴在对方的手指上，得到身边最亲的人或者陌生人最诚挚的祝福。

马尼拉大教堂中

马尼拉大教堂

当然，那天没有婚礼，以上都是我的幻想。事实上，那天教堂在做礼拜，有很多虔诚的教徒在那里念《圣经》，我们匆匆的步伐并未打扰他们。

教堂里面不大，就如我想象的那个画面一样，教堂的玻璃在阳光的映衬下真的很美，五光十色的。如果你有机会来到这里，别只顾在门口和雕像合影，进去坐一会儿，感受片刻的平静吧！

下午，我们去了马尼拉最大的购物广场 SM，这个购物广场其实和马尼拉这座城市有点格格不入，它是专门为观光客准备的购物天堂。

你绝对想不到，在很多年前，这是一个鞋店。它的老板施至成曾经在演讲中如此描述他的起家经历。12 岁那年，他跟随一贫如洗的父母从晋江到了马尼拉，父亲把所有积蓄投入一家位于街道拐角上兼卖蔬菜、干货和日用品的“菜仔店”。每天晚上，施至成都要清理柜台，以便腾出地方睡觉。20 世纪 50 年代，他开始将眼光转向人人不可或缺的鞋子。

他经常乘坐螺旋桨飞机，颠簸 40 小时，从美国进货，并利用各种机会观察当地人是如何经营生意的。在美国停留期间，施至成渐渐对零售业产生了兴趣，并开设了一家属于自己的商店 SM（鞋店），这便是后来名闻世界的 SM 名字的由来。

这个购物广场非常大，里面有全世界各大品牌，还有大型超市，可以逛上很久。相对于其他城市的价格，马尼拉的东西会更便宜。向导们都会带着自己的客人来到这里，原因很简单，因为对于他们来说，中国人的消费力很强大，而对于我们来说，在这里真的能买到比较划算的品牌衣物，也能带一些手信回去，其实也不算讨厌。

当然，我和包子最开心的是，在这个购物商城的底层发现了一座旋转木马，它出现在商场里一点也不突兀，很多孩子一边笑一边骑在木马上。而在商场的外边，还有一个儿童乐园，有一条海滨大道和一个摩天轮。

我们在这座商场耗上了一整个下午，在商店吃冰淇淋顺便蹭一下 Wi-Fi，逛 MUJI 的店，从一家逛到另一家，从一幢楼走到另一幢楼的栏杆前。这座商场很特别的是，你走到商城的尽头，然后上二楼，是可以看到一大片海的。

当时，商场的一楼还有大型的商演，乐队在舞台上表演，下面的人跟随摇摆，夏天的热情在空气中洋溢，脸上还会有一点点湿湿的。二楼的视线特别好，让你容易忘记这座城市真实的样子。其实啊，这些能够在工作日跑出来 Shopping 和摇摆的人，大多也都是外国人。

而真实的马尼拉，在海滨大道的另一边，在摩天轮下的角角落落，它其实远没有我们看到的像 SM 购物中心那样光鲜。

邂逅，真实的马尼拉

如果你问我马尼拉什么时候最美，我会告诉你，是黄昏的时候，它的晚霞很美。我们离开商场后，开车又过了黎刹公园，这时太阳缓缓落下。它的落日大概是全世界最美的风景之一了。整片天空，都被染得姹紫嫣红，你已经很难在国内再看到这么美的云霞。

晚餐我们在海鲜市场解决，这里不仅有新鲜的海产，旁边还可以买到新鲜的水果，它们被制成一种当地人称为“shake”的饮料。虽然这个市场有点破旧，但那时天还没黑，海鲜市场附近有孩子，有玩闹的小猫，他 / 它们都不怕人，主动和我们打招呼。心灵上的愉悦让我们忽视了市场那一点点的不尽如人意，一切都变得温柔起来。

享用了美味的晚餐后，天开始黑起来。我们踏上了回程，坐上了大巴，当时我趴在车窗边。而包子则耐心地和一旁的小女孩聊天，聊着各种女孩幻想出来的童话世界。

车子开了一会儿后，离开了市中心，而这个时候，最震撼我的画面才出现。在城市的郊区是一片非常破旧的房子，这些房子有的是两层的砖头房，有的是一层的简易搭建的活动板房。你仔细看，会发现这些房子都没有窗户，是拿一块布来遮着，甚至没有卫生间，除了床以外没有大型家具。房子外的路边黑压压地挤着一堆人，男的半裸着身体，女的穿一件背心，他们站在外面看着我们，丝毫不觉得有任何异样。

他们在室外进行着大部分的日常活动，衣食住行都暴露在外。不像是国内，即便是农民，小小的一间砖瓦房也是封闭的。

住在城郊的人

赤裸身子站在屋外的当地人

我们可以看到，他们有些人在吃饭，旁边有一个红色的大盆子，吃完饭后用来洗碗，傍晚的时候，他们就会用这个盆子给自己的孩子洗澡。或者，干脆就是用一根出冷水管子在外面冲凉。虽说这里是热带气候，但傍晚二三十摄氏度的气温，冷水一直浇，对孩子也不太好。更别说有可以吹头发的吹风机和温暖的浴巾——这些东西在这里看起来都很奢侈，他们只能够保证自己活下去。

他们已经习惯了一大家子人挤在一间小屋子里，实在挤不下就在外面生活。而这些房子，根本满足不了他们任何隐私的需求，即便是遮风挡雨看起来也很勉强。

总之，我们在马尼拉的郊区看不见一幢高楼，匆匆而去的画面，在我眼里都是黑白的。没有彩色的灯光，没有色彩的外墙。

我只能说，一个这么美丽的国家，实际却是满目疮痍，整座城市都是问题。

我们看着这样的画面，不知道可以做什么，但或许他们仍会觉得幸福。在物质、互联网都没有那么发达的时代，为了生活而拼尽全力，想着未来一切都会好的，只要一家人在一起。

匆匆而过，眼前的画面

来到苏碧湾

苏碧湾，满是“尼莫”的海洋

来到菲律宾的第三天，我和包子报了一个一日行，从果蝠林到苏碧湾。什么是果蝠呢？从字面意思上来理解，就是爱吃果子的蝙蝠。

它是最大的蝙蝠，有些翼幅（两翼的距离）长达 2 米，也叫作飞狐。它们的第 1、2 指均有爪。眼大，尾较短，不为皮膜所包被。

在白天，我们也可以找到果蝠。而导游带我们去的那片树林，你第一眼是发现不了蝙蝠的，因为你望向远处时，会以为它们都是枯叶。而当你定睛一看，原来整棵树都是蝙蝠。

其实，我一点也不怕蝙蝠，因为小时候蝙蝠常会光顾我们家，从空调洞里跑进来，然后飞上几圈再跑出去，刚开始我还觉得害怕，久而久之发现它并不伤害人，也就不怕了。包子在发现整棵树上都是蝙蝠后，顿时忍不住打了个寒战，她倒不是怕，是真的有密集恐惧症。

我们在这里停留不久，就去了海边。其实，苏碧湾并不算菲律宾非常有名的海湾，但在到那里之前，我没有看过那么蓝的海。

国内的海，最蓝的地方大概就是三亚。我基本是很少去浙江省内的海的，因为我总觉得那种海都没有海的颜色。如果你只是在它的海岸线边上，你会发现它又黄，海腥味又重。一到了夏天，整片沙滩上还都装满了游客。

如果真的要玩，就需要坐很久很久的船去到更边缘的地方。有一次海钓，我就吐了一船。然后，毫无胃口地去吃钓上来的最新鲜的海鲜。

所以，很多人都会选择去三亚度假。相比而言，三亚的海已经很蓝了，但那种蓝只是相对的，它的蓝是偏透明的，沙滩边的水还会掺和着黄沙的颜色。

苏碧湾的海水，那种蓝是浑厚的，是碧蓝的，那种颜色会深沉一些。而且，在海中还有“尼莫”一样的热带鱼游来游去，你可以用肉眼看得非常清晰。

大海让我们看到了菲律宾的另一面：充满色彩和温度的热带岛屿。

当女孩和大海见面的时候，场景一定非常美丽。你可以想象到我和包子一路提着长裙，来到沙滩边，拿着相机对着大海和自己猛拍，希望留下一张特别的合影。

海边有很多好看的贝壳，运气好，还能抓住一只有蟹壳的寄居蟹。我们沿着海边一直走，累了，这里还有休息的桌子，不需要额外收费。我们一边看海，一边在这里解决了中饭，当时的菜单是 BBQ+ 海鲜炒饭，味道十分鲜美。

其实，能背靠大海，享受美食真的是一件特别赞的事。这里虽然没有最美的海，但却是蓝天白云，不用呼吸雾霾。也只有在这样的地方，我们不论吃什么样的美食，都会心情很愉快。

我和包子都是旅行中比较随意的姑娘。不执着于去几个地方，也不执着于要去别人推荐的地点吃什么。我们基本是随遇而安，有太阳的时候就晒太阳，有海的时候就在海边一直走走跑跑。

清晰可见海面上的热带鱼

苏碧湾附近的海豚训练基地

-2335-04

有时候，我们想去踩一踩海水，偶尔会忘了把长裙系上。然后被不经意的海浪打个正着，裙子湿了一大片。但因为海水蓝，也绝不生海浪的气。有时候，常看着海发呆，因为能这样和大海互相对视的机会实在不多。

当然，我和包子还会学习连续剧。你知道的，我们那个年代的偶像剧中，男女主角来到海边，一定会捡起一根树枝在海滩上写字，写完后画上一个大大的爱心。我们对这个游戏乐此不疲，即便海浪用不了多大一会儿就把我们的名字吞没了。

走着走着，两个人居然都会有点想睡觉了，看着躺椅上的老外，我们又想着：在这里睡着了，该被晒得多黑啊……

所以啊，女孩对海真的是又爱又恨。

在这里的生活，很慵懒。我们在这里吃完了饭，发完了呆，就走路去看海豚表演。这里的海豚表演并不在某一个室内的场馆，而是在室外。

训练员一做动作，海豚就明白了。人与动物之间的默契也很神奇，它们和大海里的海豚不一样，它们被驯化了，很多动作都做得非常漂亮。

训练员甚至还能骑在它们身上，它们会带着训练员一起快速前进。海豚的表演让我们连连叫好。我们留意看了一下附近的观众，其实不乏远道而来的外国游客和菲律宾当地的夫妇。听导游说，留在菲律宾的外国人大部分经济状况都不是特别好，甚至有的还领着补助金。

这里的表演都很精彩，海豚们可以很自如地做出高空翻转的动作，能接球，能一起摇尾巴。在它们的世界中，或许训练师就是最重要的人了吧？

我脑海中想到一部电影，叫作《海豚湾》，这是一部让我看了心为之一颤的片子。

这部电影讲述了日本和歌山县太地町的渔民每年捕杀海豚的经过，太地町原本是一个景色优美的小渔村，然而却常年上演着惨无人道的一幕。每年，数以万计的海豚经过这片海域，旅程却戛然而止。渔民们将海豚驱赶到靠近岸边的一个地方，来自世界各地的海豚训练师挑选合适的对象，剩下的大批海豚则被渔民毫无理由地赶尽杀绝。这些屠杀，这些罪行，因为种种利益而被政府和相关组织所隐瞒。

我们多希望，未来能有越来越多的人庇护这些小精灵，不要被利益蒙蔽了眼睛，无限制地向大自然索取。

离开了这里后，我们去采购了菲律宾的特产。在菲律宾，什么特产最值得买呢？一个是芒果干，这个大家或许都知道，因为如今淘宝带来的便捷，让我们非常方便地就可以拿到 7D 的芒果干了。而另一个，或许我们都不了解，就是这里传统的刺绣。这里的刺绣可以说是闻名遐迩，菲律宾出产的男人刺绣衣服称为“描龙大家乐”，女士的是一种轻型女式刺绣棉布成衣，名曰“贾拉洛”，这里的服装材质多种多样，是菲律宾艺术的独特表现。

东南亚的物价不贵，我和包子买了很多零食拿回酒店去吃，而 7D 芒果干则带了一些给家人。女人逛起超市来，真的可以折腾一个下午，这件看看，然后放下，接着又拿起另一件，要买什么呢？然后两个人又开始琢磨。最后，购物车也还是那么几种，想着带回来可能不太方

乘坐四驱车，前往皮纳图博火山

便，拿了又放回去。但这样，都觉得有乐趣。

旅行，有时候可以不用那么浪漫，可以和生活一样。你在你的城市经常做的事，换一个国家做或许就有不同的感觉。所以，逛不同国家的超市其实也很有乐趣。逛完后，回到住的别墅，可以在那里散步。因为是新年，所以这里还有庙街和夜晚的热气球，气氛像极了 20 世纪 90 年代香港的庙街，玩的游戏和商品看起来都旧旧的。

夜晚依旧有很多星星，为了把这些星星记录下来，我和包子趴在别墅门口的草地上，来回“调试”我们的单反相机。每一次，大概曝光都要几分钟，最后……还是失败了。

我们俩只能笑笑，向美丽的星星挥挥手，然后回房间去敷面膜，准备好好睡一觉。

火山，匆匆相逢与不期而遇

在菲律宾的最后一日，我们去了皮纳图博火山。

那是整次克拉克行程中最精彩的部分。我们首先坐巴士一路穿越当地的小镇，然后来到火山下。在火山下，有被改装过的越野车。他们选的车，造型都是类似于牧马人，车的底盘一定是非常高的。我们需要手脚并用，才能爬上车。

整辆改造的车没有玻璃，你可以感觉到风从四面八方来。因为没有玻璃，车身就是一个轮廓，驾驶员可以很轻巧地在车上爬来爬去，爬上爬下，从空的车顶到了座位。哦，对了，这车还没有安全带，我们只能抓住车的框架。坦白地说，我特别担心这车的安全问题。

但事实上，他们拆除玻璃只是为了让整个行程更刺激。车很快就启动了，去往火山绝对不是一条平路，你可以想象这就是美剧中的月球表面，坑坑洼洼。

来到火山底下的温泉区

但驾驶员丝毫不带怕的，不光开得很淡定，还时不时给你来一记甩尾、漂移……就听到水潭中的水“唰唰唰”地往我们身上飞。

车内时不时有人会尖叫几声。但看到旁边的车也在加速，我们就放心了。慢慢地，我们也放松下来，觉得好刺激。

在飞快前行的过程中，感受一下这种和自然真实的碰撞，确实挺好的。

当然，在汽车沿着“U”字形路蜿蜒地往前开时，细心的人会发现这么荒芜的地方旁边还会有一些小帐篷。然后，有一些难民在里面，你可以看到孩子在远处向你挥手，说着你听不懂的话。若是看过攻略的游客，或许会向他们抛去一些零食或者钱。

他们以此为生。

后来，车子要停下来或者减速的时候，我和包子还会一起感觉到有些惋惜。因为，飙车确实很 High，那种心跳的感觉特别强烈。

我们的车最后抵达火山脚下，行程才刚开始。这里会有火山温泉，我们换上当地的 T 恤，然后在里面穿好泳衣。你可以先在温泉中游泳，然后等到整个身子热起来，再套上衣服，起身到沙屋里。

沙屋中听说有很多火山的矿物质元素，当你躺进沙子里，当地人会用铲子把你埋起来，当然你会露出一个头。我和包子就这样先后被

菲律宾的孩子看到了iPad

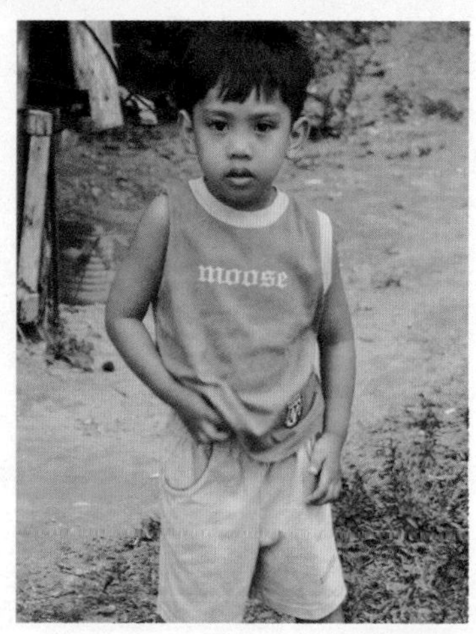

菲律宾当地的孩子

面对我的相机，他们摆着酷酷的造型

埋了起来，在沙子里面非常温暖，我们互相对望着，然后在一起聊聊读书时候的故事。

因为，当你埋着的时候，确实也干不了任何事。

结束了温泉之行后，越野车会继续送我们到吃自助餐的地方，那边会提供一些当地的烤肉、饭和水果。味道还不错，调料和酱也可以自己拿。

不过，当车子停下来时，更多的孩子拥了过来，用地道的英文和我们说“Money”，而我们则把随身带的吃的给了他们一些就进去了。

吃完饭后，我们坐在一个高高的台阶上，看着那些孩子。

同行的一个姑娘带了一台 iPad，她坐在椅子上玩，孩子们都不可思议地把头探了过去。他们非常想知道这个小小的盒子里装着什么。

这时，又有一个大叔开着中巴车过来，他像是这里的常客。他搬出一整箱苹果，孩子们就排好队，他就开始削苹果，削一个递一个，孩子们也很有秩序地接过食物。其实，向游客乞讨这件事，基本多是父母教的。

孩子们的眼中依旧很纯净，有了食物就会很开心，然后玩起游戏来忘乎所以，笑声传遍了整个院子。

不知道为什么，当时我看到这些皮肤黝黑的孩子们，我很想给他们拍照。而他们很配合，当我举起相机的那一刻，他们都会准备自己认为最好看的 Pose，然后冲着我的相机微笑。

我只希望未来的未来，成人世界的规则不要影响了他们原本的纯真。他们能够在更多的帮助下去读书，去看到更广阔的世界。

而我们只是匆匆相逢便离开了火山，剩下的时间，其实我们都是在度假区里散步，或者逛逛超市，没有安排过多的娱乐项目。

但这几日，心中最深刻的，就是在这个国家所看到的两种截然不同的色彩，它们带给了我非常强烈的感受，并且这种感受相当复杂，难以用三言两语加以表述。

与当地小孩

菲律宾，天堂+地狱

有人这样形容菲律宾：一半是天堂，一半是地狱。

我的相机也拍了两种颜色，一种色彩斑斓，一种黑白深刻。

在旅行完后，我在博客写下了一段话：

菲律宾给人的感觉，是两种颜色。一种是黑色，这个岛国的大部分地区都是贫穷不堪的样子，在首都的郊外你随处可见破落相连的活动危房。他们一家十几口人挤在仅仅数十平方的房子里，没有淋浴房，没有厨房，所有的隐私都毫无保留地暴露在阳光之外。他们没有见过iPad，不知道牛肉干是什么东西，他们以“颗”“根”为单位买卖糖和香烟，他们对镜头十分好奇。

这个国家没有离婚，没有堕胎，但这个国家的人命却也从来没有尊贵过。他们可以流浪，可以贫穷，只要能活下去就已足够，这就是他们心底最卑微的独白。

相比而言，另一种颜色是湖蓝色。孩子们的眼神总是很纯真，这种质朴会让人想到长滩岛或是苏碧湾碧蓝的海水。夕阳西下，这座岛屿显得异常宁静和美丽，那种蓝能够让闯入的外人流连忘返，能够让我们内心和平。忘却了贫困，忘却了富有，忘却了不择手段，他们只是为了生活而生活的最单纯的人。

黑白似乎永远是彩色的阴暗面，如果你愿意，你可以一辈子相信世界是美好的。

而如果你足够有勇气，你会发现揭开这个花花世界的华美面纱之后，背后都是满目疮痍的黑白的伤疤：有人作假，有人炒作，有人昧着良心而活，有人贪得无厌，可这个社会还是依旧以彩色的面孔光鲜亮丽地摆在你眼前。

但无论黑白、彩色，这都是生活、生命、社会的一部分。

而我们，面对这些化了脓的伤疤，能做些什么？旅行，让我们更真切地看到这个世界，让我们明白世界并非只是你头上的一片晴天。

菲律宾的蓝天，它的美丽，彩色的那一面

行者天堂

——尼泊尔徒步札记

小 S

爱下腰 | 摄影狗 | 不想长大的辣妈

小 S，80 后北京土著，毕业于中国传媒大学，北京师范大学 MFA，新华社签约摄影师，曾出版旅行小说《香巴拉，在天堂等风来》。

新浪微博：@小 s 的牛老板

尼泊尔的 PoonHill 环线徒步，是这个神秘国度徒步路线中最负盛名的，坐落于喜马拉雅山下，穿行于峡谷和群山中。

这里更是行者的天堂，徒步分为多条线路，长的可达 9 天，最远到达 ABC（Annapurna Base Camp，安纳普尔纳登山大本营），难度很高。

我们选的是常规路线，只有 4 天，围绕 PoonHill 按顺时针，或者逆行走完环线，无需复杂的技术装备，别看它难度中等，却被公认是最美的一条，沿途风光极其壮美。

沿途，抬头可见海拔 7000、8000 米以上的巍峨雪山；

身边，是深不可及的峡谷和奔腾不息的江水；

还有保护完好、极具异域风情的人文民风。

现在，无论是大环线还是小环线，都是成熟的路线了，沿路有补给站，有地图，上山请一位靠谱的向导，就来上一次难忘的旅行。

辗转许久，我们终于来到博卡拉徒步的起点——南崖埔。送我们来的，是雷人的多年好友，一个话多到不行的小瘦子，两个男人一路上叽叽咕咕地说个没完。

向导雷人，是个阳光帅气的尼泊尔小伙，没口音，态度好，为人机灵，爱说爱笑，关键是颜值高，一看就是个经验丰富的向导。

尼泊尔人的英语发音跟印度人一样，有缺陷，F 音发不出来，只

路上

能发成 P，所以你一定要好好分辨，当有人让你上 Porist floor 时，千万别发蒙，其实是 Forist floor。

事实证明，他是老天送给我们的止痛药，因为有了这个开心果，我们高强度的丛林旅行不再难熬，单调的徒步行走也有了高潮。

行前，我们在山脚下南崖埔的小饭馆歇脚，看着远方的山脉，享受上山前最后的轻松。雷人在后厨帮忙端茶送水，不时露出笑脸冲镜头做个鬼脸。

吃着刚出炉，被烤得松软的小比萨，他突然收起笑容，很正式地和我们约法三章：

一、必须在住的地方吃饭，因为住店很便宜，老板就指着吃饭挣钱；

二、路上必须听他的话，因为他是专业的；

三、忘了……

反正，在他板起脸说话时，很不一样，男人在专注时比较有吸引

雷人

午饭

在路上

住下

力，我们再一次认定，选他做向导真是个明智的选择。

雷人的价格并不比别人贵，甚至可以说是低得吓人，只有1000卢比每天，我们仨人平分（当时每人合人民币27元）。所以，一路上他的食宿免费，我们也必须住他建议的客栈，这当然可以理解，把话都说在前头也让我们非常踏实。

徒步第一天，有人跟我们打听“国际章”

今天的路程并不长，只有三个小时左右，还没走出状态就结束了。

在山上，时不时会下一会儿雨，我们走得很慢，今天连第一个Camp-Ulleri都没走到，只能在Hille-Tikhedhunga小村住下。

旅店的条件简直无法用艰苦形容，爬上二楼咯吱咯吱的楼梯，打开小木屋的门，黑黢黢的小屋里并排放着三张小木床，人躺上去，刚刚好长，刚刚好宽，再高再胖一点儿都不舒服。雷人就在我隔壁的房间里住，两个房间中间只有一张三合板隔着，晚上别说呼噜，连喘气声都是共享的。

跟我们同时来这里住店的，还有三个英国人，其中那个金发碧眼的英国帅哥是 Mei 盯了一路的，偷听了一会儿他们的谈话后，Mei 笑眯眯地跑过来告诉我和突然，英国帅哥和美女是情侣，单独的那只“灯泡”是他们在路上偶遇的。

我和 Mei 在几年前萍水相逢，我们曾经一起去过很多地方，一起看珠穆朗玛的日出，一起拍苗寨里的姑娘。她拥有出色的口语和无尽的好奇心，这个小女人总是可以跟我在路上很合拍。

别看白天热得汗流浃背，一入夜，山里就冷得刺骨。晚饭时，我冻得直打哆嗦，突然递给我一颗力度伸（维生素 C 泡腾片），听着它被

路上

热水吞噬的哧哧声，双手渐渐恢复了知觉。

英国人的向导是个牛仔范儿十足的尼泊尔大叔，晒得深棕色的皮肤在灯光下泛着油光，眼角的笑纹深深地刻在脸上，结实挺拔的身板很有魅力，估计雷人老了就长这样吧！

晚饭是雷人和大叔帮助点的，我和 Mei 好奇地走进后厨，刚巧大叔也在，他得知我们来自中国，兴奋地向我们打听“国际章”，眼睛里全是爱意，说自己看了无数次《卧虎藏龙》。什么是“国际章”，为什么是“国际章”，我和 Mei 终于服了，一种小自豪慢慢爬上我的心头。

整晚下雨，门缝里灌入的风令人直打寒战，我在与寒冷的斗争中渐渐睡去。

徒步第二天，我们有了尼泊尔名字

我们一路走走拍拍，雷人背着大包跟在后面，不停地催我们，说走得太慢，不让照相了。我抱怨地跟雷人说，你就跟我妈一样，总是不停地说我，你快点，别磨蹭了！

他笑笑，不再说了。

等我们拍照等得不耐烦的时候，他就会抿着嘴，微笑着，皱着眉，看着我们。

他还问我们的年龄，当然没问出来。

他居然还好意思问为什么，文化差异怎么这么大呢？

他说，你们看起来很小。

小嘴真甜，我心说，于是决定继续开他的玩笑。

我说，我今年四十五岁，有个八岁上二年级的女儿，我很想念她。

突然说，她有三个丈夫，三个孩子。

Mei 说，她的外孙刚出生不久。

丰收

雷人听出我们骗他，于是，让我们猜他的年纪。

我不加思索地说，三十五岁吧？

估计是伤着他了，他说，我看起来那么老么？后来，还反复跟我们说了几次，他才二十八岁。

Mei 还教他说了几句最有用的中国话：听不懂，不明白。

比方说有的时候，我们懒得听他介绍一些东西，就随口说，我听不明白。

这时，他就会严肃起来，说，你怎么会听不明白呢？

然后再说一遍……

虽然，这说起来有点残酷，不过他天生就是干这行儿的。

不过，雷人的性格可好了，闹的时候像个孩子似的，逗我们开心一点儿不无聊，工作的时候很专注又细心。

谈到梦想，雷人想要找个合伙人，在博卡拉建立一站式的旅游服务项目，有登山，有划船，还有坐滑翔翼和看日出，以后在博卡拉找

过桥

雷人旅行社，就能让你在这里自助游吃好玩好。每个男人都有梦想，谈及梦想时，人们眼睛里透出的闪亮，都是一样让人兴奋的。

沿路休息的时候，雷人说，他曾经和一个香港来的女孩子谈了半年的恋爱，后来被女孩抛弃了，很受伤。他用了“她的外表很美，可是内心不美”这样的说法，还撸起袖子，给我们看他右手臂上的纹身——佩仪，那个女孩的名字。看着雷人阳光灿烂的脸上泛过一丝忧伤，我心想，做这种傻事儿的人其实还挺可爱的，不过，我有点儿恶毒地建议他，以后可以把每个女朋友的名字，挨个纹在那条胳膊上。

我们还以为有很长的路要走，做好狂奔一下午的准备，没想到 3 点就在 Ghorepani 住下，手机也终于有信号了。

这个小村庄给人带来莫名的好感，蓝色白色相间的台阶和木屋，让我错以为来到希腊，可惜这里没有船，没有渔夫，只有马、骡子，还有不知走了多少村落的货郎担。

在枯燥的路上，雷人叫突然：三得利。

后来才知道，他给她起了个尼泊尔名字 Sundri。他还给我起了个名字叫 Sunita，Mei 的名字是 Sunira。那些天，我们仨的名字就成了三得利、数你大、数你辣，分别是 pretty、juicy 和 gold 的意思。我和 Mei 的名字听起来太像，常常分不清，都赖他。

突然，通常我不这么叫她，职场上叱咤风云的女汉子，讲究生活品质，经常出国度假，但只是度假。对于爬山这件苦差使，她能坚持多久，我们都不确定，不过她是这么说的：你们能的，我也能。

山上的客栈大多颜色鲜艳，有干净的木地板，门窗外各色花朵盛开。门脸精致漂亮，用鲜艳的花朵、浅金色的玉米、带着弯曲长角的白色牛羊头骨做装饰，很吸引人。可以看见雪山白云的门廊上，放上些白色的靠背椅子，围着铺上田园风桌布的餐桌，上面有一小瓶桌花。这些细微的布置，都在向路过的背包客们招手：朋友，过来，坐下喝杯热乎乎的奶茶吧！

客栈

这让我想起圣诞节时的纽约第五大道，Fancy 的商场橱窗吸引了很多人驻足、拍照，人们心底那个完美的童话世界被渐渐唤醒，带着温暖的美好瞬间涌出，混合着节日的气氛，在寒冷的空气里蔓延，让匆忙的脚步也轻快起来。

3 点就住下的好处很多，比如我们有时间洗澡，可我们什么都没带，我跟 Mei 蹭着陌生人的洗发水、浴液，洗得很舒服。不过，为了减负，我们连拖鞋都没带，光脚踩在冰凉的地板，酸爽也得忍着。

不同肤色的游客围坐在客栈大厅中间的火炉旁，有上海人，还有荷兰人、法国人、英格兰人和肯尼亚人，大家说着不同的语言，一起烤火、烤头发、晾袜子、发呆，看《樱桃小丸子》，看着老外玩 Uno 牌，没想过爬山还能这么惬意，这是外国人的徒步方式，不光虐，也注重享受和放松。

在博卡拉，山上住宿出奇地便宜，60 卢比就可以住一夜，住得不好，只是个床板，在这大山里，能有个栖身之地，我们已然心安。

吃饭就贵多了，也没什么可吃的，就算有钱也没有包子、油条。

在吃了好几顿面条汤和炒米饭之后，为了让今天的好心情发挥到极至，也是在明天最困难的行程之前给自己加油，我们决定晚饭点一只鸡奢侈一下，并且要用中国的方法做鸡汤，这可真难为了只会做烤鸡的尼泊尔大厨。

向导雷人皱了皱眉，说那会很贵，有可能要2000卢比（当时合人民币180元），或者更多。

我们说，没关系。

于是，雷人很开心地让厨房去准备了。

其实，博卡拉向导的收费很低，大山里也没有其他自费项目，住宿费又低得惊人，所以旅店和向导唯一可能创收的项目就是游客吃饭，不过，像我们这样主动吃大餐的顾客是不多的，所以雷人很开心。

以防万一，我还是进厨房去盯一下。

伴随着一股烧焦的糊味，我摸黑来到厨房，推开那扇单薄破旧的木门，幽暗的灯光下，只见，已经咽气的瘦小热带鸡被一大双手抓着，迷你煤气罐上窜着火苗儿，尼泊尔大厨正在用火烤鸡毛。

我说，在中国，我们用开水烫就可以给鸡脱毛。

大厨说，烫过了。

剩下我无奈地苦笑，只好让他们把黑乎乎的鸡皮扔掉了。

而这才仅仅是个开始。

接着，大厨开始剁鸡块儿。我让他剁的块儿要大些，大厨真有把子力气，直接一刀就把硕大的鸡脚剁掉了。

山间小花

山间小猫

在我的要求下，他把扔掉的鸡脚捡回来了。

接着，他又把鸡翅尖儿剁掉了，我让他再捡回来。

然后，他剁了鸡头，没有扔，抬头看着我。我说这个也留着，我们中国人会吃所有的东西。大厨碰到我们这帮什么都吃的中国人，真是一点办法都没有。

最后，他又把内脏也捡回来了。

我说，不是全部的内脏，我们只吃鸡肝、鸡心、鸡胗。

他困惑了。

这时，还好雷人过来帮忙，他洗了手帮我分辨这些部分，并开始清理鸡胗。在我盯着一块分辨不出来的部位时，雷人说，那是鸡肾。

我很好奇，问他，你们不吃这些，你是怎么……

雷人自己也说不清原因，但他就是能分辨它们。

接着，我开始费力地描述大葱是什么，大厨干脆说他们没有，只有洋葱。于是我切了些洋葱和姜，尼泊尔人很惊讶我不放辣椒、咖喱和其他佐料，就把鸡清汤寡水地放进了只有一半水的高压锅里，上火了。

手忙脚乱地把鸡送上火后，总觉得少了点什么，五分钟以后才想来，没放盐。这时候，高压锅已经上劲儿，老板娘不让掀锅盖，让再等等。我也傻了，等鸡都熟透了再放盐不就晚了？我一遍遍地说要盐，老板娘不耐烦了，把锅从灶台上拿下来，放到自来水下面冲凉，边冲边不高兴地叨唠着什么，估计是在抱怨我。雷人也凑过去，蹲下试着用手一点一点掀阀门，不一会儿，竟然帮我把锅打开了。我加好盐，上火再煮。

当大厨把做好的鸡汤端上桌时，足足一大锅，香气四溢，透过弥漫在寒冷中的徐徐热气，邻桌几个黄头发和蓝眼睛正好奇地向我们这边张望，此刻除了兴奋还有自豪，和他们吃的简单西餐比，我们的鸡汤堪称奢华，不是所有人都像中国人这么会享受生活。

Mei 为大家分好鸡汤，以汤代酒，在喜玛拉雅山脉的山脚下，吃着尼泊尔大厨为我们炖的鸡汤，它驱散了寒冷，让我们又能满血复活，乖乖等着明天在原始森林里继续受虐。

可怜的雷人跟我们坐一张桌子，吃惯了烤鸡的他不仅不吃内脏，甚至连一碗带汤的肉都咽不下去，只礼貌性地尝了一块就再也不动了，最后还是给了他辣椒酱和咖喱酱才让他不至于糟蹋东西。

今天海拔 2800 米，气温 9 摄氏度，难怪头有点痛，我背了两天的烈酒只能留到明天晚上了。带着吃饱的肚子，晚上 9:00 我们就暖暖地爬上床，胡说八道半宿后就去睡觉了。明天凌晨 4:00 就要起床，摸黑看日初，还有 9 小时的路要走，又是艰苦的一天。

徒步第三天，走到累劈

4:00 起床的滋味太难受，空腹，困着，累着，还要忍受高反爬山。今天的海拔最高，虽然只有 3200 米，可大强度的爬升还是让我们

看日出的我们

日出

伫感到喘不上气，走走停停，互相搀扶。

没有点点星光，没有月亮引路，早起爬山的队伍绵延不断，不知从哪里集结来的各国旅行者无声地排着队，按着自己的节奏前进，安静的山路上，只有大口大口换气的喘息声和登山杖触地的砰砰声，不断有人停下来休息。猛然回头，身后一条条由手电、头灯汇聚成的“长龙”，缓缓向山顶进发。天色已经渐渐发亮。越往上走，空气越冷，路边的草地上覆盖了一层薄薄的雪和冰。

其实，如果山顶没有日初，PoonHill 就等于没有风景，但这并不妨碍来自四面八方的游客日复一日地起大早来这里碰运气。爬到山顶看到观光塔那一刻真想大叫，可惜已经没有多余的肺活量让我浪费了，今天我们的运气不算好，山顶上等待我们的，只有大雾。

如果非要说收获，就是在山顶喝到了无比美味的 MasalaTea，奶茶小摊生意太好，大家都是抢着付钱，我哆嗦着举起小铁杯，温暖的奶茶下肚，那一刻觉得它就是我最好的驱寒药。

因为起得太早，一天的体力都是透支的。

天亮了，我们下山，回到客栈吃早饭，邻座四个荷兰白发老奶奶边吃边跟我们打招呼，昨天她们也在火炉边一起烤火。她们正吃着当地人的早餐，看起来像是炸油饼沾咖喱酱一类的食物。

早饭后，我们先后出发，又多次在路上相遇，中午一起吃饭的时候，突然还把“张君雅小妹妹”推荐给她们吃。

15:00，大部分西方登山客在 Tadapani 停下，我们继续向前。四个白发老奶奶听说我们还要再走至少三个小时的时候，惊叹地叫，Oh，strong girls！挥手道别后，我们继续赶路，不久进入原始森林。

忽然看到了拿红笔写的“Do not walk alone in the jungle”牌子挂在树枝上，俨然就是武松在景阳冈上，看到的官府告示。

神秘的原始森林

穿林子不累，可是我们太慢，我和 Mei 花了很多时间拍照。渐渐天黑了，照片总是虚的，可我们还没走出那一大片潮湿的雨林。正如雷人预料的那样，我们不能按时赶到营地了。

这时候，我们每个人都很累，突然的步伐已经开始发飘，雷人就搀着她，走在前面，结果俩人在路上前后滑倒了两跤。我和 Mei 紧赶慢赶地走在后边，脚下的泥泞和乱石路越来越不清楚，我们必须戴上头灯。天一黑，森林里奇怪的声音就在耳边响起，我觉得害怕，慢慢地我俩也搀在一起走了。

走出森林的时候，我们盼望着最近的村子里能有

神秘的原始森林

住处，雷人也在不停地打电话，信号断断续续，总是得知客满。一次次失望之后，我们不得不拖着酸疼的腿脚继续往前。再后来，终于找到一个住处的时候，天又黑又冷，我们连屋子都不愿意进，就在客栈外面院子里的石头上坐下，疲惫地互相歪倒在一团。

雷人不知道吃了什么药，突然兴奋起来，用他的手机放劲歌。路上，他为了让我们保持速度，一直用手机放劲爆音乐，刺激我们的神经。看着他在我们面前跳着热舞，标准的迪厅舞姿，我们认定他一定没少去“那种地方”，其实，能歌善舞的血液已在尼泊尔人的骨子里流淌了世世代代，也许这是他对刚才凶险路况的一种放松吧？知道向导体力好，却没想到走了一天还能这么好。

晚上，终于喝光了我从山下背来的两瓶烈酒，为了暖身，也为了庆祝，毕竟，明天就要离开。喝到微熏，我们三个开始叽叽咕咕地聊天，也不管雷人听不听得懂，反正他聪明，会察言观色。看大家聊得正欢，我又从老板那里要了一瓶。Mei 冲我撇了撇嘴，一边表示不满，一边打开往自己的杯子里满上，女人啊……

结束了四人互相搀扶的一天，又是一晚雨夜。

徒步第四天，深山异族的红衣女郎

清晨，雷人叫我们起床，说门外有只特大个的蝴蝶。

我们揉着惺忪的睡眼出来，还没看清蝴蝶在哪里，只听雷人大声欢呼起来，顺着他手指的方向看过去，安纳普尔纳峰（Annapurna）终于出现在我们面前，只有不到一分钟的工夫，就又被云遮得严严实实。不过四天的坚持换来这一分钟的真容，再累也值了。

清晨的大蝴蝶

为了庆祝徒步的最后一天，我们穿上房东家的Gurung族服饰，层层叠叠地左一层右一层，还带着大口袋。房东姐姐用鲜红的穗子缠在我们头上，胸前戴上一串串的珠子，耳朵上挂上夸张的大耳环。也许因为我们皮肤白，所以穿什么都比当地人好看些，这话可不是我们说的，是房东说的。

我拿着镰刀，Mei挎着篮子，突然顶着竹子做的雨披，一会儿对着镜头甜笑，一会儿对早起过路的各国游客招手，说Namaste。

玩够了，我们才坐下吃美味的烤饼，就是昨天荷兰老奶奶吃的那种，油饼沾咖喱酱。看着Mei喝汤的勺子，不由得想起几天前出发时，我们正拾东西，我纠结于一个集刀叉勺为一体的类似瑞士军刀的东西要不要带，后来Mei说带着吧，刀子可以防身，要是向导想图谋不轨，我们还能用勺子挖他眼睛。要是雷人知道我们曾经打算用勺子对付他，不知道他会吃惊成什么样子。

民族服饰

田野

早饭

昨晚，雷人太兴奋了，就把鞋放在院子里，结果下了一夜雨，他只能穿着湿鞋走了。今天没有原始森林，雷人让我们慢慢走，可以尽情拍照。因为昨天累劈了，今天腿基本是直的，如果没有护膝和登山杖，这一路下山的无数台阶是绝对走不了的。

这一路，我们已经唱不动歌，也拍不动照了。我忽然明白，为什么上山时，我们跟那些下山的路人打招呼，却很少得到回应，那是累的。

回程的路上，路过一个福利院性质的小学，有个女孩子正坐在地上哭，突然走近，蹲下来捧起她的小黑脚，才发现，原来她脚受伤了，只见脚指头一块红红的肉翻了出来。突然赶忙打开包，取出创可贴给她贴上，然后把剩下的创可贴塞进孩子的兜里。突然站起来时，我看她悄悄擦去了眼角的泪，生活条件的巨大差距，正激荡着她善良的心。

再次回到南崖埔，看到汽车有种重返人间的感觉，依然是他那个爱说话的兄弟接我们，他俩一见面就说个没完。

与雷人分别时，我们给了他丰厚的小费表示感谢，因为有他，才有我们欢乐的四天，如果没有他，我们真的会走得更辛苦。他丰富的经验、热情的舞姿、孩子般的天真，还有露出满口白牙的令人无法抗

大白鹅

拒的笑容，都在这四天的健行中鼓励着我们。因此，我们深感幸运，并且找回了信心。

这里，是遇见困难的地方，在不断制造借口放弃时，继续前行；

这里，是遇见梦想的地方，站在顶峰与对面的雪山隔山相望；

这里，是遇见善良的地方，被陌生人感动；

这里，是遇见幸福的地方，你的笑容可以交到真切的朋友。

回到博卡拉之后，我们仨又过起了讲究的城里人的生活，在装修精致的餐馆里，喝着美味的蘑菇鸡汤，想想几天前还迷茫的我们，好像做梦一样。

告别

徒步结束之后，遇见奇特旺

到了奇特旺的Sauraha镇，一路上能感到明显的气候变化。路上的大芭蕉叶、成片成片的绿色麦子地、打着赤膊的小孩子、毒辣耀眼的阳光……一切都提醒着我们Sauraha镇的亚热带气候如此强烈。

我们乘坐的这辆三十座的小巴，走走停停一直在拉生意。

尼泊尔人肤色偏棕色，和印度人很像，但他们没有印度人五官的惊艳，本土尼泊尔人长得倒跟中国人有点像，只是更黑更瘦。

车头的发动机上坐着一对姐妹，面冲着我们，绿衣妹妹把头放在红衣姐姐腿上，睡着了；红衣姐姐扭着身子，将额头靠在司机的椅背上，睡着了。

我旁边过道的小凳子上，坐了一个穿印度服饰的妈妈，两个亲戚的女儿拉着她一两岁大的小女儿，三个孩子一起坐在椅子上。

她五岁多的儿子，坐在妈妈前面的小凳子上，总是忍不住回头逗小妹妹，捅她、拍她、抢她的雪碧喝。小妹妹一会儿叫，一会儿笑，妈妈几次呵斥，叫小男孩老实点儿。他逗累了，就把头搁在妈妈腿上，侧脸望着小妹妹。

妹妹突然拿起雪碧瓶，敲了哥哥的头，发出咚的一声，然后大笑起来。哥哥倒不生气，还那样忽闪着大眼睛看着她。妈妈挡着妹妹还想打哥哥的手，妹妹却转而把雪碧瓶给哥哥，让他喝。哥哥喝了一口还给她，再继续逗她。

山路兜转，男孩坐的竹凳一晃，他就笨拙地一屁股摔倒在地上。小妹妹咯咯笑，额头上的Tika也跟着一上一下地跳动着，哥哥和妈妈也跟着笑了。妈妈扶起男孩坐好，座椅上的一个女孩干脆抱起一直乱动的小妹妹，跟着车里的喇叭，哼起民歌来。

车就停在距离Sauraha镇几千米以外的一片空地上，旁边就是田

奇特旺

地，看着车上的旅客渐渐被各种敞蓬吉普车接走，连一对不通英语的兰州老夫妇都被接走了，整个停车场就剩我们三个背包客，在大太阳下晒着傻等。

我们走进旁边唯一的小卖部联系司机。

小卖部的女主人正在做中饭，她把番茄、大蒜、辣椒放在院里地上光滑的石板上，再用另一块小石头把食材砸成粉碎，最后用手，把已经稀烂的混合物从石板上胡撸到碗里，不，准确地说是用手掌“刮”到碗里，这就是咖哩手抓饭的配料。这么原始的做饭方式让我们都很吃惊，开始有点担心这里的饮食卫生，不过也很期待这片土地的淳朴民风。

小卖部家的大耳朵杂交羊很上镜，它身上有着梅花鹿一样的花纹，两只夸张的大耳朵垂在脸上，好像盖了两片布。

小卖部家的斗鸡也长得十分彪悍，黝黑的羽毛、光秃秃的脖子，像是时刻准备好了要跟人拼命。

女人、大耳羊、斗鸡，陪伴着我们漫长的等车时间。

不知道过了多久，酒店的吉普车终于来接我们。这下可以好好欣赏这座在麦子垛上的奇特旺了，Sauraha 镇是个很美的小村庄，唯一的一条主干道两旁，散落着各色园艺十分精湛的酒店，红的、绿的、蓝的、七彩的，难分伯仲。

我们的彩虹酒店十分漂亮。

一进门，一片精心打理过的草坪让眼前被一片绿色覆盖，绿色被一条白色石子路分成两半，白色直通二层小楼，两旁铺满茁壮的鲜花盆栽。

草坪上点缀着白色的露天餐厅，整齐的木头桌子、干净的白桌布、刷着白漆的木椅子、白色栏杆，错落着摆在草地上。午餐其实很简单，19 岁的小伙计忙前忙后地端菜，让我们宾至如归，简单的盖饭套餐，吃出了西餐特有的、隆重的仪式感。

午饭后的午休时间，我坐在二层回廊拍照，眼前的大花园让我幸福感爆棚，这里的一切都美极了。这间由白人投资、当地人经营的酒

Sauraha 镇

骑象渡河

骑象

店，我们是唯一的客人，但这丝毫不会影响客房服务质量，打扫房间的大叔大婶依旧会光脚上楼打扫，是的，光脚。不论打扫还是搬行李，当地人都是光脚上楼，进客房，这么尊贵的服务让我们受宠若惊。

后窗传来几声大象嘶鸣，打断了我的思絮，从这就可以看到圈养的大象，训象人骑象回来时，大象结束了一天的工作，就会放松地大喊。

次日清晨，我们坐在吉普车的后斗里，迎着扑面呼呼的风，颠颠簸簸十几分钟，来到一块开阔的草地上，这里已经聚集了不少等待骑象的游客。我们随着引导，爬上一个三米多的简易高台，只见一个大象屁股正对着我们，啊哈，它就是我们今天的坐骑。

大象身上绑着马鞍一样的象鞍，脖子、肚子、屁股上三根绷带固定着象鞍，象鞍上结实地安着一个正方形的木架，木架里铺着厚厚的棉垫子，准乘四名游客。我们踩着大象的屁股，依次坐进“方块象鞍”里，各自用腿夹住正方形的一角，非常拥挤，动弹不得，这恰恰保证了不会因为松动而滑下去。训象人坐在大象脖子上，用脚趾踹着象耳的根部指挥方向，我们一颤一颤、稳稳地出发啦！

坐在象背上，感觉自己也是巨型动物了，视野相当开阔，走出草地，蹚过小河，进入热带丛林，这才发现，我们后面还跟着七八只大

奇特旺大象

象，几十个游客一起出发。我们这只三十五岁的母象，是头象，她的鼻梁上画着漂亮的图腾，主人以此表达对自家大象的喜爱之情。

整个雨林里十分安静，只有大象皮蹭过树叶发出的窸窸窣窣的声音、相机喀嚓喀嚓的声音、训象人的呵斥声。我们不敢大声说话，生怕惊扰到周围的野生动物。

比如，从侧面窜出的鹿群，三五头成群，有麋鹿，有梅花鹿，在距离我们十米以内的树林里藏着，必须有足够的细心和十分好眼力的才能发现它们。

比如，那只晒太阳的独角小犀牛，它就在一片开阔的草坪上站着，看到象群不躲也不叫，后来干脆在一个树根下睡着了，我甚至怀疑这是一只家养犀牛，人与自然神奇地融合。

丛林之行结束后，我们又一次坐上吉普车，是被送到 BhudeRapti 河边，给大象洗澡。我跟 Mei 光脚走进河水，被训象人一前一后地扶上了象背，这次可是光秃秃的大象，卸下象鞍的大象没抓没挠的。如果说我在骑象，不如说我在斗牛，后仰的角度超过 60 度，Mei 只能在后面紧紧抱着我的腰。

从象鼻里喷出的水把我们浇了个透心凉，在象背上短短的几分钟，我总担心会掉下来，后来终于从象背上下来了，大象卧倒在河里，任我们给他搓背，皮肤可真粗糙啊！

不一会儿，大象又站起，训象人示意，我蹬着卷起的象鼻爬上大象，我抱着象鼻被举到半空，忽然被大象扔进河水里，全身湿透，Mei 也是如此，狡猾的大象给了我们一个凉爽的午后。

下午，我们走出小镇，走进山村，走进一块“Chitwan national park”牌子指示的区域，穿过茂密树林、农田，我们就走进了大象的世界，一个没有大门和围墙的大公园。如果说这里是个村庄，不如说是个大象养殖基地，养大象就像养牛、养鸡一样普遍。

不同的是，所有大象都被比拇指还粗的铁链锁着，动弹不得，发

丛林

出哀鸣一样的叫声。我隐隐对我们的到访心生愧疚，是游客的需要，让这里圈养的大象越来越多。

因为野象是不能为人工作的，所以，它们的前辈都是从周边邻国走私来的野象，经过长期不断驯化，为人所用，而刚出生的“野二代”小象也需要一系列的训练，才能成为背人们过森林、陪人们洗澡的乖巧大象。

在大象繁育中心，训练程度不同的大象被锁在不同的铁链上，远处角落里有一只独立圈起的壮年大象，就是个坏学生，正被关禁闭。

一对对的大象母子吸引了我的注意。

妈妈被锁着，小象撒着欢地在母亲周围蹭着，这是我第一次看见大象喂奶，那么大身体，那么小的胸，难得看到大象“爆乳”，原来在自然界里，其他哺乳动物的乳房只是哺乳的工具，只有人类的乳房还负责美丽。

一只五个月、不安分的小象正颠颠儿地，探出半个身子，想迈过栅栏。被管理员看到了，给了一棒子，一阵揪心。越狱不成，它又跑回大象身边去了。

另一只三岁的大象已经习惯听从驯象人的命令，一边紧着吃几口象草，一边不敢耽误地主动走过去，让管理员用粗铁链把自己的脚锁到柱子上，象草落了一地。

它们这种连犀牛、老虎都不怕的古老生物如今怎么这样？尼泊尔的小象四五岁就被带离妈妈身边，接受训练了。很多小象会因为缺乏营养和压力过大而难以生育，对于这些从印度被买来的大象来说，自由是奢侈品。

用一个不恰当的比喻，从被套上锁链后，它们就跟很久以前被抓到美洲变成奴隶的非洲人一样，知道自己的命运，无从反抗。这古老的、庞大的动物如今在人类的棍棒下，变得服服帖帖，甚至连繁衍后代都变得艰难，让人叹息。

各种宣传品上，都让大家去看 2008 年 11 月出生的双胞胎小象，因为在如此低的生育率下，双胞胎小象的出世非常难得，可它们却未必愿意被锁在栏杆里，让不再敬畏自然的人类观赏。

是时候离开了，这片草地、这座小桥，是我对奇特旺的最后印象。

我们猛按快门——

希望留下，在 BhudeRapti 河边，焦黄的日落下，我们干杯啤酒的酣畅；

希望留下，趴在河中的独木舟上，看到晒太阳的鳄鱼时，吓得掉下下巴的吃惊；

希望，用相机留下奇特旺的狂野和柔美。

在此感谢李玫的特别支持，让本文如此精彩。

——作者补记

琉璃海之歌

魔方

非典型吃货 | 爱脸红 | 轻度强迫症 | 空想家

魔方，怀揣青春梦的中年人；苦思乐享的“思享家”；集天真与世故、任性与温顺、大方与腼腆、冲动与稳重于一身的矛盾综合体。

喜欢在选择性尝试新奇与油盐柴米的平淡间游走，追求虚无理想，接受合理现实。不参禅不修行，相信无论人、物、景，遇见就是禅机，不吝行走、观察与自省，便得修行。

习惯整理过往，自行捡拾足迹，偶有游记发表于网络、杂志。

已出书籍:《浪迹越南，穿行迷离时光》

微信公众号：魔方空间（MOFANG157）

腾讯微博：魔方（faithfang）

海的呼唤

在哪里都没有归宿感的人，远方，就是宿命的召唤。生活在把湖叫作海子的内陆高原，湿身于大海就如夏天的冰淇淋冬天的火炉般难以抗拒。

去年夏天，被一篇博文忽悠去了菲律宾中南部，在保和（Bohol）、锡基霍尔（Siquijor）、苏米龙（Sumilon）三个不同风情的大小岛屿和小城杜马盖地（Dumaguete）间游荡。虽然实地接触感受和博文所述略有出入，但确实是一趟美妙的旅行。

菲律宾，模糊不清的印象中就是一个西太平洋上的群岛国家，先后被西班牙、美国、日本殖民过四百年后才赢得独立，融合了许多东西方文化习俗，富有异国风情。试想一下，传说中具有致命诱惑力的魔力海妖和美人鱼把缥缈的海之歌用海风幽幽地传遍地球每个角落，那些不安定的灵魂即使远在天边也被魅惑……

很多人担心前往菲律宾旅行的安全问题，它可是盛产歌手的海洋岛国，听觉视觉上都诱惑力十足啊！热带地区居民多数心境平和，伴海而居的人们更是被海风海浪磨砺得胸怀坦荡。我们做个人畜无害的旅人，去自在地享受风景就好。

八月中旬的行程提前二十来天才决定。昆明没有菲律宾领事馆和

海的呼唤

签证中心，只能求助于万能的阿里巴巴。虽然拒签的情况微乎其微，但是为稳妥起见，我们还是决定出签后再订机票。

和万年旅伴林先生分工，我负责订机票和酒店，其余事项由他去伤脑筋。用脚丫子想也知道，这家伙重点关注的就是吃什么、怎么吃、去哪里吃。

西南边陲出门不易，境外直航少之又少，来去各三程航段，两次转机。国际航段好不容易选定厦门中转至马尼拉的往返联程航班，签证到手已是七月的最后一天，每张机票价格比一两天前贵了三四百人民币，稳妥也有代价。到马尼拉后还有一程菲国境内航段，这段往返选乘了经济实惠的宿务航空，第一次体验了宿务大黄蜂。

订酒店时终于没忘记做功课的林先生就方位选择提供了建设性意见，能相伴海上日升或日落。我们还准备了各种防水、防晒、浮潜设备，一番忙乱后，终于向着心仪的海岛出发了。

还在途中，就有同好者被我微信朋友圈晒出的照片诱惑，凭着满脑子热度冲动订下了三个月后相同行程的往返机票，一气花光了全部

绿岛蓝海

年假。稍微降温才后知后觉地想起自己语言不灵，如何跟当地人沟通？赶忙约我回来详解。我一阵暗爽，认可了自己高调晒行迹的方式。每次旅行晒图拉来的不是仇恨，而是一个又一个足迹追随者，似乎应该去当地旅游局申领宣传大使奖励。

辗转疲途

中午从昆明出发的航班，经厦门转机至马尼拉已是夜里近 11 点。马尼拉机场有 4 个航站楼，分踞机场东西南北四个方位。之前看攻略说马尼拉机场各航站楼之间转换打车要多长时间多少比索云云，攻略不靠谱，实践出真知，各航站楼之间有免费机场穿梭巴士。

我们抵达的是 1 号航站楼，次日凌晨 6 点飞塔比拉兰的航班在 4 号航站楼，而商业服务设施较多的是 3 号航站楼。于是，我们在 1 号航站楼用携带的美元换了菲律宾比索，并购买了后来证明确实难用的上网卡，然后坐机场巴士去 3 号航站楼休息。

在 3 号航站楼试着用 ATM 机取了点比索，吃了宵夜，然后在二楼找了家出租过夜床位的 SPA 休息。只能睡 4 小时的一个上下铺床位要 1440 比索（约合人民币 200 元），若不是怕出去住酒店来回耽搁时间，这个价已经可以住上一晚还算舒服的酒店了。房子完全不隔音，来来往往的临时住客和服务员的脚步声、对话声清晰可闻，难以入睡只能闭目养了 4 个小时的神。一丁点起床的安慰是含在床位费里的西式早餐凌晨 4 点也能吃到。

凌晨 4 点半，3 号转 4 号航站楼的当日第一班机场穿梭巴士成了我和林先生两人的专车。我们原本以为凌晨的航班少人也少，踏进 4 号航站楼，熙熙攘攘的人群加上简易的候机厅，长途汽车站的即视感扑面而来。T4 估计仅发菲国内航班，像极了咱们国内四五线城市仅有一个候机厅的小机场。安检马马虎虎，满眼都是因深色皮肤而被我亲切地统称为“小黑”的菲国人民，游客面容和打扮的人很少。

本来就小的广播声在一片喧哗中很难听清，还没听到我们的航班登机通知，我和林先生的大名就被广播催促了。一看时间，离起飞还有 45 分钟，这是要提前起飞吗?

宿务大黄蜂里冷气开得跟不要钱似的。飞机还在爬行上升，乘客就可以起来走动，甚至打开行李舱取东西，满舱乘客全程手机玩得不亦乐乎，各种别的航班上被禁止的行为似乎在大黄蜂上都被视为正常。空姐们无所事事地大声闲聊嘻笑，和乘客们共同营造欢乐空中大巴的气氛。

一路穿过黎明，天色越来越亮，待看见蓝海与绿岛，终于抵达我们此行的第一个目的地——保和岛（Bohol Island）。

清爽薄荷岛

保和岛（Bohol Island）被同胞们音译为更贴切的薄荷岛，确如薄荷般清绿与畅爽。这个位于菲律宾中南部，面积很大但人口并不密集

保和海滩（摄影：赵军、蒋莹）

马尼拉T4航站楼候机厅

保和风光

的珊瑚岛旅游业兴起不久。岛上唯一的小城塔比拉兰（Tagbilaran）坐落于西南角，有一个超小型机场。

保和岛上最著名的景观是岛中心的小山包群，叫巧克力山（Chocolate Hills）。

从塔比拉兰去巧克力山的路上会经过有红树林的海边、古老教堂、人造森林、河流、乡村，一路风景都很养眼。

我尤其喜欢东南亚的热带乡村风光，秧田、香蕉林、棕榈树和茅草屋在一些若隐若现的雨林小山丘的映衬下显得错落有致，总能呈现出优美的画面感。小河隐蔽地从雨林间穿过，草木随意而旺盛地生长，绿意汹涌着意图覆盖每一寸土地。可是如果每处景色都要停下来拍照就走不动路了，一一看在眼里，记在心里就好。在这里唯一的不适是总遭遇到热情好客的蚊子的叮咬，在身上制造一些看起来很惊悚，实际上也挺难受的效果。

保和乡村

巧克力山是行走在这大片绿意中突兀的场景转换。山如其名，呈巧克力色，因旱季山头草堆干枯所致。一个个圆锥形褐色小山包状如倒扣的小锅，成片夹杂在绿色雨林里，像外星人藏得不太好的大型飞碟场一样。这些“飞碟”有1268个之多，貌似地球很危险。当地传说是两个巨人打了几天架，持续向对方扔石头留下的混乱斗殴现场。正由于巧克力山奇异如魔法之地，于是电影中，哈利·波特也曾骑着扫帚飞过它的上空。

去巧克力山的途中有条小岔路，通往观赏眼镜猴的小林子。这种濒危小动物的英文名叫Tarsier，又称跗猴，体型非常小巧。几只小猴子被集中在一片规模极小的树林里供游客参观。这些才有半个巴掌大的家伙隐匿在树叶下，要仔细寻找才能一窥它们的身影。只要发现一只，树下便会聚拢一撮游客。有的小猴子不受干扰地闭眼打盹，醒着的就没那么幸运了，似乎有些惊恐地瞪着本来就占了半张脸的大眼睛，紧张防备地盯着围观它的人类和从各种角度对准它的一圈长枪短炮镜头。这些猴子小归小，但是如果游客们有胆去抓它，它还是会咬人的。

巧克力山

眼镜猴

保和岛上有几条小河，河边某种特定的树上夜里会聚满萤火虫，引来游人夜访。我听不懂树名，就把它们叫“萤火虫树”。

我们是在一个没有月亮，但繁星满天的夜里，乘着关闭所有照明的圆形敞篷船，摸黑进入两岸都是茂密树林、漆黑的河流深处去的。驾船的小黑轻“船”熟路地就能摸到林间那些“萤火虫树”，满树忽闪着的萤火虫像城市路旁挂满小彩灯的景观树，赢得游客们压抑的低声惊叹。“萤火虫树”在暗夜河边映着在非高原大陆上难得一见的浩瀚星河，像星河中有成群贪玩的幼小星星背着家长，刻意收敛光芒偷溜来河畔举行狂欢 Party。小黑为博取游客欢心，还会故意用船去撞树，惊得萤火虫四散乱飞，懵然闯入船中，带起一片片奇妙的光影在周遭舞动。极度黑暗中轻盈舞蹈的点点微光，如梦似幻般的景象因为难以用照相机记录，反而更深刻地印在了脑海中。有一只迷路的萤火虫竟然钻进林先生的衣服里，被我们抓来仔细研究了一番，其实不发光的它们就是普通小飞虫的模样。一放手，它又融入了夜色中。

琉璃成海

海洋国度最具吸引力的当然是它的大海。从保和岛开始，我们就始终惊艳于菲律宾的海洋色彩，这里的海有令人沉醉的蔚蓝。

从海岸极目，映着阳光，清澈透明的海水随着海底珊瑚和水草的变化，从沙滩开始的通透白水晶，逐渐向绿水晶、蓝水晶、海蓝宝石、绿宝石、翡翠、深海蓝宝石等各种晶石般的亮彩过渡。海水在轻柔的海风吹拂下微波漾动，呈现出变幻瑰丽、精灵绝美的迷人色彩。这样的色彩令我想起另一种能像海一般包含各种晶石之色的明澈之物——琉璃。“愿我来世得菩提时，身如琉璃，内外明彻，净无瑕秽”，仿佛就在说我眼前的景象。

古人这样诠释琉璃——“琉璃，自然之物，彩泽光润逾于众玉，其色不常”，琉璃是一种人格、一种精神、一种境界的象征，寄托了人们的美好心愿。面对这晶莹剔透如琉璃一般的海水，欣赏色彩的自然流动，特别是不同角度阳光折射呈现出的立体光影效果，能通过视觉的惊喜感受到琉璃“呼吸”中透出的纯净之美。

据说古法制作的工艺决定了世间没有两件完全一样的琉璃，所谓天工自成就是说每件古法琉璃的唯一性，“天生神物，非是人间炼石造作，焰火所成琉璃也”。看这里的每片海水，也如琉璃一般有它自己和谐而独特的光影之美，独一无二。

岸边观望已是大美享受，坐船近距离投身琉璃海上，更是想将身心融化于其间。在变幻的绚亮中缓缓滑过，沉浸于流云漓彩间，仔细

海水亮彩

琉璃海

品味色彩的转换，领略一个又一个不同意境，确如杜甫所言“琉璃汗漫泛舟入”，却无他的“事殊兴极忧思集”。只想做一条自由自在的鱼，潜到海底去看看是不是真的躲藏有把海装扮得如此极致美丽的海妖。

《西游记》里说沙僧原是天庭卷帘大将，因为失手打碎一只琉璃盏而被贬下凡间，证明琉璃对玉皇大帝也是珍稀之物。那在一片巨大的琉璃海间畅游，岂不比身在天堂更快乐？这样饱满的幸福感令人餍足，喜悦满怀。

看过城市、山间、寺庙、湖上、梯田的日出日落，海天之间的光影最是令人屏息，呈现出如梦似幻般的奇丽。朝阳与夕阳是一对隔着白天交替出现的孪生子，总带着明暗交错的天光、飘忽游移的云影和

海到无边天作岸

海边黄昏

变幻不定的霞色一起主宰天空。这一切投映在海面上，大海绝不甘于仅仅被染色，总要将它的全部美好经浪纹加工后如数反射给天空。即使在白日天光下，大海亦用粼粼波光与天空争强。海到无边天作岸，海平线始终尽责地完成它的分隔任务并沉默见证每一刻的奇幻。

邦劳探海与跳岛

邦劳（Panglao）是有桥与保和岛连通的一个离岛，如果说保和岛的形状像一只乌龟，它就是乌龟的小短尾。在保和岛玩海都是从邦劳的阿罗娜海滩（Alona Beach）出发，所以游客大多住在阿罗娜附近

风情阿罗娜

而非塔比拉兰市区。这里就是一片餐吧云集、花裙招展、比基尼乱晃的阳光沙滩，游客所需求的旅游服务都能在这里得到解决。因为那琉璃一般的海水，岛上叫“Blue Water”的酒店或度假村不止一两个。

我们住在离海边不远的一个公寓式度假村，公寓除卧室外，还有客厅、厨房、餐厅，外带一个小院。厨房里锅碗灶具一应俱全，但派上的最大用场就是煮了锅韩式泡菜方便面以及自制了几份水果三明治。

我们用了一天时间漫无目的地沿海边树丛探险，当了回荒草野径和一个个海滩私人度假村的闯入者，去发现会隐身术的螃蟹，跟一岸的水晶海浪玩你追我赶。

秉着走到哪里尽可能吃透哪里的原则，品尝当地美食是必不可少的旅行目的之一。

阿罗娜附近有家卖烤鸡的路边小店，在尝过一块之后，你就会想吃一整只。加了香茅草烤得刚刚好的鸡肉，又嫩又香，是我吃过最美味的烤鸡，没有之一。

树丛窥海

岛上有家叫 Bee Farm 的度假村，除了有风情度假屋和别致的海边餐厅，还出售各种蜂蜜制品和有机食品。他家的有机蔬菜卷冰淇淋味道独特，有人选择住在这里就是为了慢慢尝尽 Bee Farm 冰淇淋的所有口味。我们尝了姜味和榴莲味的，的确与众不同。

跳岛是指从大岛去附近小岛游玩。因为去玩的岛屿极小，待的时间很短，即刻往返，所以被叫作跳岛，是多数游客喜爱的游玩项目。在邦劳跳岛主要是去附近的巴里卡萨岛（Balicasag）潜水和探访处女岛（一个地图上还没有标注的无人小岛，所以叫 Virgin），顺便还可以在海上追逐海豚，去水下一窥落差 3000 尺的海底悬崖。

海豚群舞

预定跳岛的这一天早上下着雨，我们担心天气不好看不到海豚。询问驾船的小黑，告诉我们有百分之八十的相遇概率。清晨出发去跳岛的螃蟹船大大小小十几艘。螃蟹船没什么导航设施，全靠船老大在船头凭经验用肉眼辨别方位，当他们以手势指引船前行时，在我眼中瞬间升格为高大酷帅的船长。

出海后，我彻底晕了方向，木然吹着海风望着阴沉沉的天空，暗自祈求海豚们能无惧风雨来相见。突然听到别的船上游客发出惊喜的呼叫，循声而望，那些在海面上迅速跃起又落下的身影不正是海豚么？所有游船一起加速靠拢追赶，小家伙们奋勇直前，怒展英姿，在大海上骄傲地

处女岛

腾飞，一道道迷之身影仿佛精灵在舞蹈。令游客们大为兴奋的是这样的惊喜不止一次，整个追逐过程中一共发现三群海豚。每天被螃蟹船轰鸣的马达和游客的尖叫恐吓，不知道海豚们习惯了没有。也许它们知道没有被捕捞的危险，所以不考虑搬家，每天来这里跳舞娱乐一下大家。

处女岛有一个延伸出去的条形白沙滩，落潮时露出水面，像一条飘在海上的白练将海水分隔开来。我们到的时候是中午，海水已涨起来淹过这条白练。纯净之水在白沙的衬托下反射似火骄阳，发散出钻石般耀眼的光芒。

在巴里卡萨岛浮潜时，我因为晕浪遗憾地错过了观看令人震撼的海底悬崖的机会，被驾船的小黑拖回沙滩。同船来的一个总是和善微笑的韩国阿姨没下水，热情邀请我吃她带来的面包，一起耐心等待正玩得兴起的其他人。

才吃了两口，我们都发现这面包实在难以下咽。韩国阿姨皱眉停下，叫我也别吃了，伸手招唤旁边的狗狗，准备拿它们喂狗。狗主人却伸手将面包接了过去。我们以为她是要自己来喂，她却叫过一个小男孩把面包给了他。小小黑立刻高兴地把我们咬过的面包塞进嘴里，吃得津津有味。我们都觉得不好意思，韩国阿姨连忙阻止小小黑吃我们的剩嘴，重新从包里拿出没吃过的面包给他。小小黑接过去点头谢谢，却并没有放弃嘴里正吃着的剩面包。狗主人似乎是孩子的家长，摇手叫我们不用介意。看着欢天喜地的小小黑，我们才明白原来这个远离陆地的蛮荒小岛上生活如此不易。可是很快我就发现我们的怜悯有些自以为是，因为周围的小黑们和我们在别处见到的一样，兴高采烈地笑闹着，四处时不时飘来几句歌声。

歌声与微笑

菲律宾对外劳务输出最多的是歌手和菲佣，来到盛产歌手的国度

沙滩吧女歌手

当然得听歌。一开始，我们专门跑去音乐沙滩吧，听三个女歌手连轴唱了一整晚，其中一个长头发的竟然长得很像动力火车组合里比较瘦的那位成员。而等我们融入游程后才发现，这里随时随处都能听到歌声。

这里的人民如此热爱歌唱，老式路边卡拉 OK 总是热闹非凡，路边的、船上的、工作的、玩耍的、老人、孩子……有人的地方就听得到自得其乐随口哼唱的歌声，听起来都很流畅美妙，绝无呕哑嘲哳、荒腔走板。城市里像样点的餐厅不少兼营家庭卡拉 OK 以招徕生意。在被殖民过几百年后，他们唱的歌海派而洋气，像海浪般起伏悠扬，大多数是英文歌呢！

教堂与修道院

夕阳下的海滩上，听捡海瓜子的婆婆和捞海胆的小伙各自悠悠地轻哼着歌，互不干扰，心无旁骛又慢条斯理地进行着手里的活计，实在是怡然的享受。时光之美、音乐之美、人性之美无瑕融汇，我不禁灵光乍现，这才叫天人合一。

爱唱歌的人民热情友好，易于相处，乐于助人，阳光深色肌肤衬着时常微笑闪现的白牙，有点像混过血的

瀑布绳荡

悬崖跳水

非洲后裔。一路被人叫 Ma`am 和 Sir 的感觉挺好。

也许因为漫长的被殖民史，菲律宾是亚洲仅有的以基督教为主的国家，基督徒占人口的 90%。我们住过的酒店房间里都有一本《圣经》。人们带着虔诚的信仰热爱并享受着自己的生活，乐观开朗，自由奔放。

一路沿着海滩行走，我们真切地领略到了当地人火热的生活态度。海边崖壁伸出的石板上，坦然或尖叫着跳水的身影都是小黑，游客反成了观望者；瀑布上的绳荡跳水，小黑们也一个接一个地扑通进水里；岸边的红树林旁，成群的小小黑在水里嬉游；拎着刚捕捞的大鱼上岸的渔夫，豪爽地跟其他小黑分享收获，在小小黑们的惊叹中一边哼唱

沙滩排球

着一边剖鱼；因为怕坡陡不敢搭乘拉客小黑的摩托车，车主小黑毫不介意我的拒绝，一边取笑我的胆小，一边给我们招呼来一辆 Tutu；不时能见到沙滩排球和开放的灯光篮球场，不同年纪的小黑们一起玩着“友谊第一”的比赛，一见我们驻足观望，便热情地邀请我们加入……

小黑们毫不吝惜地展示他们神采飞扬的笑容，不管向一个人还是一群人举起相机，必得到灿烂笑脸和认真 Pose 的回报，镜头外的小黑也主动加入，心不在焉的那个必然被同伴提醒。

后来，我们在杜马盖地黄昏时分参观古树参天、吸引不少欧美留学生的 Silliman 大学时，人品大爆发，撞上该校建校 114 周年庆典，装扮停当等候夜间城市巡游的学生挤满草地。一开始，我们不知道是什么活动，询问时得到认真的解答，只是建校具体多少年是学生们相互反复确认后才给出的答案。

向每一组不同装扮的学生要求拍照时，他们都会把同组成员叫齐，一起骄傲自信地面对镜头。旁边的同学竟然有人非常羡慕地叫着“Picture！Picture！Oh”！看着一张张生机勃勃的可爱面孔，感觉被

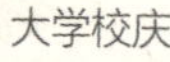

大学校庆

青春狠狠地撞了一下腰。

小黑们保持着悠然的生活态度，不急不缓地与人和事相处。最令我们放松的是一路搭乘过的 Tutu，不管在哪里停留，司机从来不催促，反而让我们慢慢玩，不着急。他们的收费是以路程远近计算的，对消耗时间长短似乎并不在意。途中任何时候喊停，他们都很乐意。如果你是停下来观景，他们还会饶有兴趣地暂时充当一下导游。临时起意让他们拐去别处，只要不是太远距离都没问题。我喜欢这样的节奏，与时间就是金钱、效率就是生命的功利型人生背道而驰，有一种不经意的大度。

不过，菲国公职人员的派头却不那么像民主国家。在锡基霍尔时，度假村里来了几个不知是工商、税务，还是卫生部门的制服检查人士，一个个背着手鼻孔朝天，指指点点一阵昂首方步踱出；有一天路过锡基霍尔镇上，见一队警察荷枪实弹地检查过往摩托车。我们以为发生了什么暴乱，心里打着小鼓。一问 Tutu 司机，不过是查摩托车执照。要不要这么威武啊？端枪那架势像准备打仗了。

无知者无畏

在邦劳的阿罗娜海滩上就能看见锡基霍尔岛（Siquijor Island）的影子，可是要过去却得到塔比拉兰市区码头坐船，还不能直达，得绕去更远的杜马盖地转船。因为嫌费时费力，没经历过大风大浪的我们自作聪明地跟小黑包了条小螃蟹船，直接从阿罗娜出发。

等船远离邦劳行至茫茫大海上，向四周眺望，除了我们自己不见半只船影，瘦弱的驾船小黑提供不了任何安全感，我心里渐渐溢出愚勇后的恐慌。下午海上的风浪并不算太大，但还是不时有浪花扑上船头。无边无际的大海里就我们一船三人，迅速飙升的无助感令我觉得锡基霍尔看起来似乎远在天边。

岸已在望

我暗自提心吊胆，导致疑神疑鬼起来：此刻驾船的小黑如果趁机勒索甚至打劫我们，我们两个人就算打得过他也奈何不了这条船。岸在极远处，人在沧海间，除了乖乖送上全部家当，哭天喊地也没用。就算小黑是个好人，可假如骤起狂风巨浪，这单薄的小船似乎完全有被撕裂的可能，掉进海里他自身难保，我们只能喂鱼了……戒备地回头观察小黑，只见他面无表情地凝视前方，偶尔提醒一下我们不要把手伸出去。中途小黑停了一下船，我立刻肾上腺狂飙，结果他只是给油箱加了一桶油。一路内心慌乱表面却佯装镇定，经过两个小时的煎熬，终于安全抵达锡基霍尔岸边。

小黑恐怕也是第一次驾船过来，在开始退潮的滩涂上绕来绕去，不知往哪里停靠，最后泊在浅水处。他先跳下水放下扶梯，示意我们得涉水上岸。伸手扶我下船后，小黑一把将我们的行李箱甩上肩头扛着率先踩水往岸上走。看着他略为吃力的背影，我为自己先前在心里猜疑他而汗颜。

上岸后还有好长的路要走，因为船在岛东靠岸，而我们订的酒店在岛西。锡基霍尔环岛有八九十千米左右，意味着我们离酒店还有四十千米的距离。驾船的小黑陪我们等了一阵车，看看天色，有些焦急地跟我们告别。他还得回邦劳，再不走天黑前就赶不到了，黑暗中以一条小螃蟹船在海上航行可不是件容易的事。我们在环岛路边等了好一阵才有 Tutu 过来，这时候海的上空出现了一道不那么清晰的彩虹，被折腾了半日的内心终于得到些许安抚。

后来在苏米龙，我们又小小地冒了一次险。下午在位于小岛北端的白沙滩附近浮潜，玩够了从水里出来已近五点。穿着湿漉漉的泳衣和拖鞋回房，走到环岛徒步探险步道的入口，想起这两天只顾着玩水还没来得及去探险。看见“下午四点后禁止通行”的警告牌有些不能理解，询问工作人员得知是因为徒步探险步道大部分属于岛的另一端未开发区域，沿途全无照明，天黑后会很危险。自己估摸这么小个岛绕一圈要不了多少时间，一定能在天黑前走回来，两个冒失鬼不管不顾地就朝林子里走去。

淡淡虹影

礁崖探险步道

一开始挺顺利，边走边俯视观景。待走到礁石嶙峋的崖上，进退不得，两个人只能紧拉着手，硬着头皮一步一颤地用拖鞋小心试探着前行。看着脚下完全无路的礁石崖和崖下扑岸而来的海水，望望逐渐灰暗的天色，再次为自己的冒失后悔。以眼前的龟速完全没有把握能在天黑尽前走回去，一旦黑夜降临，没带任何通讯和照明设备的我们在这里将喊天不应呼地不灵。幸运的是，老天原谅了我们的愚勇，在我们终于走回有路灯的 Blue Water 度假村后五分钟内收尽最后一丝光。

旅途中总是惊吓伴随着惊喜，因度过的危险经历而留在心里的后怕，反而比走走看看的平淡旅行更令人回味，不过也一再告诫自己今后不可再以身犯险了。

锡基霍尔赶海

锡基霍尔（Siquijor）是个未经大力开发、游客稀少的原始岛屿，遗世独立得只有离它最近的杜马盖地才有游船往返，保持着一点世外桃源的调调。如果厌倦了城市的喧嚣，对因经济和技术发展而被改变的生活有所疑惑，锡基霍尔绝对是个好去处，身体和心灵都能找到返璞归真的感觉。

锡基霍尔之夜

锡岛从前被叫作巫术岛，据说岛民会用各种稀奇古怪的动植物为原料配制药物，加上神秘咒语包治百病。我们在岛上见过一棵号称巫树的大树，树下有全世界最便宜的 Fish Spa。以我们的凡胎肉眼，只看得出那就是一棵气生根丛生，在国内会被叫作“独树

传说中的巫树

成林”的巨大榕树。我被鱼儿们咬得脚底奇痒发出怪叫时，旁边的小黑顽皮地逗我：“它们只咬外国人！”

这里就是热带乡村岛屿，牛儿在路旁悠闲地甩着尾巴啃草；散养的斗鸡被拴着脚仍雄纠纠地立在树桩上；小土鸡夜里会睡在公路边，我们晚上经过时就差点踩到一只；茅草顶的小木屋四周围绕着美人蕉、扶桑花、芭蕉树和椰子树。

除却食宿，别指望岛上有奢侈消费，这里能买到的东西都是农村水准。除了环岛一圈的道路之外，中间仅一条公路。路上跑的主要是摩托车，外加简陋的双条和 Tutu，能叫作汽车的大约隔七八分钟才会驶过一辆，不会有 Taxi 这种东西。这里夜里一片漆黑，连路灯都没有。近三百平方千米的岛上加油站也没几个，所以路边常有一些小摊，贩卖用饮料瓶装的汽油，以方便那些来来去去的摩托车和 Tutu。一开始，我还以为是饮料摊。

在这样的岛上，吃的绝对都是有机食品：四处乱跑的土鸡、土猪，

原生态美食

锡岛风光

琉璃海里捞出来的海鲜，几乎不用人管就能旺盛生长的玉米、香蕉和菠萝……

我们吃过一家当地路边小店，那和红烧肉差不多的肉块让已经不那么感冒猪肉的我吃得欲罢不能，然后在心里哀叹回家后去哪里找这样的猪肉吃。海边餐厅里的菠萝汁甘甜怡人，餐厅小妹特别跟我们强调“没加糖”。还有椰肉像果冻一样的嫩椰子，牛肉、鸡肉、水果、蔬菜一起煮的香浓杂烩汤，以及还是“第一美味”的烤鸡……我那脆弱的胃找到了幸福。

岛上为数不多的客栈、度假村和特色餐厅有不少是欧美人开的，它们的老板大多是流浪了大半个地球后来到这里就不想走了，留下来享受安静的世外生活，每天和他们的房客一起躺在沙滩上，闲看海面日升日堕、潮起潮落，等椰子掉落脚边。

海滩是海洋赠予陆地的厚礼。我们去的这几个岛，有细沙平滑如镜的白沙滩，有贝壳、碎珊瑚堆积的硌脚沙滩，有沿岛成片的红树林，也有礁石森严的海岸……最惊喜的发现却是锡基霍尔岛圣胡安（SanJuan）海滩退潮后留下的滩涂，带给我们寻找与探索的无尽欢乐。

圣胡安滩涂

滩涂是处于动态变化中的海陆过渡地带，它既属于土地，又是海域的组成部分，是随着潮汐的变化时而隐藏，时而显露的潮浸带。潮起时海水漫过海滩，潮落时将一片滩涂留给海岸。潮间带滩涂历来是生物资源丰富的所在，是海洋送给大地的宝贵财富。

因为林先生的明智推荐，我们住在圣胡安（SanJuan）海滩旁的度假村。走出庭院便是沙滩，虽然刚经历过一场台风的沙滩堆满干枯的树叶和海草，但沙粒仍然白皙细腻而熨脚。海水退潮时，附近的狗狗们像有约定般地纷纷跑上沙滩等待夕阳，留下一个个小巧的爪印。我们也光着晒黑的双脚踏上白沙滩，将一串足印甩在身后赶海去。

走出不远，沙滩从最接近陆地的平整逐渐显现出被海浪冲刷的褶皱感，开始东一堆西一堆地冒出被寄居蟹或其他沙间掏洞的小生物们挖出的沙砾堆。越往水边走，这些观感不太好，有些像排泄物的小堆越密集，表示沙间活动的小东西越多，接着海草覆盖的滩地出现了。

因为滩涂并非绝对平整，海草漫延的浅滩上便留下了一个个洼地。缠夹不清的海草和水洼里无数珊瑚、贝壳、海星、虾兵蟹将及众多生活在海洋浅水区、我叫不出名字的小生物们无处可藏地暴露于人们眼前，最多最明显的就是状如圆球、浑身长满如细针般尖刺，号称地球上最长寿海洋生物之一的海胆。

怕被各种不明尖锐物扎到脚，我们穿上了拎在手里的拖鞋，在水洼里小心翼翼地避过活物们轻踩。我们惊讶于即使在滩涂上，海水仍如此清透，每踏出一步脚旁便冒出一串小水泡，海草间的细沙在水里扬起一点小浑浊。不像有的小家伙知道藏身于水草间，幼小或成熟的海星和海胆完全不懂回避，大喇喇地躺满海滩任人捡拾。

海草轻摇，海洋生物们有的独自蛰伏，也有的小规模群聚。我们充满好奇地逐一翻看这些小东西，又忐忑着会不会有什么来叮咬光着的脚。

还记得我们第一天赶海时，遇到一家当地人，妈妈、两个女儿和

滩涂宝藏

大女婿。他们带了米饭、香蕉，捡了一堆海胆在海滩上野餐。我有些好奇那香蕉皮的褐色，伸头探看了一下，大女婿即刻表示我们可以尝尝。我看着一共只有四五个香蕉摇了摇头，他表示只给我们尝一个。褐皮香蕉的口感不像香蕉，倒像木薯。我问他们是在吃晚餐吗？大女儿回答：零食。

看他们捡了一堆海胆慢慢享用，我们也学着捡了一些。那个不会说英语的妈妈看了摇头，表示我们捡得不好，完全没有经验的我们捡的海胆不是太小就是太老。大女婿耐心地教林先生怎么挑海胆，怎么破那长满尖刺的壳，清理出可以吃的部分。妈妈干脆把他们捡的弄给我们吃。没经过任何烹制的新鲜海胆有点咸但极鲜，我们不知不觉吃了人家好多。听着他们偶尔哼唱一两句，在这没多少人烟的海滩上和当地居民共享了一顿“零食”，感觉自然又融洽。

在我好奇的滩涂探险过程中，被藏在水草里的海胆刺扎到脚后跟，瞬间红肿起来并伴着刺痛。不知道会不会有毒，只好去向这家人求助。大女儿让女婿帮我把海胆刺和淤血挤出来，并做了简单的处理，然后安慰我虽然很疼但海胆刺是无毒的，过一阵就不疼了。大约半个小时后，疼痛感果然消失，也没有其他身体不适。

怀着感激之心和这温暖的一家人合影，只有六七岁的小女儿有些害羞，妈妈和姐姐不停地招呼她面对镜头，似乎不这样就对我们没礼貌了。第二天黄昏忍不住又在海滩上搜索这家人的身影，可惜没见到。

锡基霍尔的游客不算多，圣胡安又远离镇上，偌大的海滩上寥寥无几的赶海身影以当地人为主。此刻最具异国感受。这样的滩涂如果在国内，早挤满了赶海的人群，不捡拾个精光绝不罢休。而这里寥落的三五个人，有人捡了海胆就地破壳取黄，享受最即时新鲜的美味，也有阿婆搬了小凳子坐在海草间不紧不慢地捞着海瓜子，还有人只是散步或逗狗撒欢……

圣胡安落霞

狗狗似乎也习惯了小海生物们的陪伴，并无大惊小怪、翻嗅拱扒的兴趣，只是相互追逐，或者静静地趴伏凝望西天，等待落日降临海面。眼前这一幕并不陌生，在旅行中很多有着优美落日风景的地方都能发现狗狗们等待的身影。它们几乎每天准时出现，比游人更认真地欣赏并陶醉其中。

当晚霞降临时，圣胡安海滩的奇美令我们张口结舌，最后相互问了一句：怎么可以这么美？

小黑们的美好家园

在菲律宾时时能感受到和谐的人与自然。小黑们热爱他们的土地和大海，重视环保。虽然这里有丰富的海洋资源，但并不见大规模的捕捞。和咱们的近海几乎被捕捞殆尽相比，这里的海从沙滩走进海里

水晶海浪（摄影：赵军、蒋莹）

十来米便可以看见海龟和自在的鱼群以及成片的珊瑚，浮潜成了我们最大的快乐。沙滩上和海水里会有海草和掉落的椰子，但绝无生活垃圾，海水总是清澈透亮的，水晶海浪拍打着沙滩。海南遍地皆是的贝壳和珊瑚工艺品这里极少见。

小黑们总是说起他们的某某举措是为了环保，比如不允许采摘珊瑚，酒店尽可能不使用一次性用品等。我们在这次旅行停留的唯一城市杜马盖地就看到了一场带表演的大型环保宣传活动。我记得那天刚好是七夕，微信朋友圈被“中国情人节”刷屏，而杜马盖地的市民集体拥挤在海边堤岸上搭起的舞台下，参与这场环保宣传。当舞台巨幅银幕的宣传片中提到污染大国 Top10，虽然明知我大中国遥遥领先，但还是在看到“NO1：CHINA，排放量占全球 25.84%”全场大哗时悄悄红了脸，趁夜灰溜溜地逃出现场，接下来的演出也没看成。

虽然菲律宾的人口密度大于中国，但这是个不会贪婪地向大海索取的国家。因为对家园的爱护与珍惜，他们留下了海洋最原生的美丽，而他们也在这片美丽中愉快地享受着纯净的阳光、空气和大海。

于是，在我们的行程中，每座岛附近都可以浮潜窥探海龟和鱼群在珊瑚丛里自如穿梭；在邦劳乘螃蟹船追逐过海豚群，一赏海豚在海面跃起的矫健身姿，惊喜的欢呼吓得飞鱼嗖嗖乱窜；暗夜的林间看霓虹般闪烁的萤火虫，为这些飘忽的迷梦怀幽思而沉吟；极度兴奋之体验是在奥斯洛布与鲸鲨一起水中嬉戏。不得不遗憾地叹息，在我们自己的近海，想近距离接触这些精灵般的动物，无疑是个梦想。

奥斯洛布位于宿雾岛南边，这里的 Tan-awan 小镇原来只是个小渔村。几年前时常有鲸鲨出没于附近浅海，村民们投食喂这些性情温和的大鱼，鲸鲨逐渐养成习惯每天上午来这里觅食，中午后离开，形成了一种类似“散养”的模式。每天少则几头，最多近二十头鲸鲨尾随投食者。近几年，这里已演变成有名的观鲸鲨景点，聚集了世界各地想要一睹鲸鲨真容的潜水爱好者。

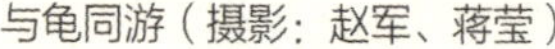

与龟同游（摄影：赵军、蒋莹）

百度百科上说，“鲸鲨仅1科1属1种，身体庞大，全长可达20米，是世界上最大的大洋性鱼类，食大量浮游生物和小型鱼类。每年五、六月洄游到中国北部湾，广布于各热带和温带海区，中国各海区夏、秋季节都有分布。由于大量捕杀，数量锐减”。这种悠游在茫茫大海中的高洄游性鱼类如居无定所的独行游侠，在海上航行能偶遇已如看见流星一般幸运。前些天，居然听新闻报道广东有人捕到鲸鲨杀之论斤卖肉，何等惨忍。

目前，看鲸鲨已成为来到奥斯洛布附近游客的必玩项目，Google地图上标注有准确的 OslobWhale Shark Watching 地址。这里已进行统一规范的经营管理，门票 100P/ 人、坐船观光 500P/ 人、浮潜 1000P/ 人、深潜 1500P/ 人，租用水下相机 550P（P= 菲律宾比索）。破坏环境得来的发展与保护自然得来的收入相形见绌，我不是经济学家，否则就这个命题可以发表一篇《论持久性》。思及此令我失去了描述在琉璃海里与鲸鲨亲密共舞如何震撼与狂喜的兴致。

一路目睹小黑们对家园的爱惜，以至于我在行程中唯一一次见到一个向海里排放生活污水的小洞，不禁大吃了一惊。回想起来，我曾在咱们北海涠洲岛的各个海滩上见识过这样的污水和沙滩上随处丢弃的生活垃圾。

帐篷苏米龙

苏米龙（Sumilon）是靠近宿务岛南端，被 Blue Water 旅游公司独家承包开发的私有小岛，总有人拿它的一岛一酒店和马尔代夫相比。岛上的度假村也叫 Blue Water，简单明了，这听了又听的名字确实最贴切于琉璃海的海滩度假村。

目前这个徒步环岛一周只需一个小时的岛上尚有大片区域未开发，Blue Water 只占了一小部分。不知是谁发表了一篇博文，说是人均 3000 元可以玩转这个媲美马尔代夫的小岛，忽悠了无数国人前来占领苏米龙。于是，只有二十来间房的 Blue Water 奇货可居，房价节节飙升且常常无房可订，在海滩上搭起了所谓豪华野营帐篷当房间出售。

因为房少，非住客也可到岛上一日游，算是杜马盖地的跳岛项目之一。交 2000 比索入场费可以参观小岛，玩白沙滩、浮潜，享用 Blue Water 的无边游泳池和一顿午餐。

我们不想匆匆到此一游，一心想要在岛上住两天。提前半个月，

苏米龙沙滩（摄影：赵军、蒋莹）

温和的鲸鲨（摄影：赵军、蒋莹）

帐篷房

远眺苏米龙

无边游泳池（摄影：赵军、蒋莹）

还是没订到房。用传说中全程仅需的“3000 元”只换来住两晚豪华野营帐篷，含三餐和服务费。

从杜马盖地 Sibulan 码头坐船到奥斯洛布 Liloan 码头只用半个小时，下船后同船过来的斯洛文尼亚帅哥主动热情地带我们去坐舒适快捷的黄色空调大巴，问了我们苏米龙的房价后，有点咋舌。

虽然算是花了血本，但苏米龙还是给了我们等值回报。直径不过 500 米左右的小岛上竟能有个小而幽深的湖；靠海的无边游泳池中赫然挺立着一棵造型优美的大树；阴雨天也能看见热辣的火烧云；跨出帐篷就是白沙滩琉璃海，往水里走几米就有大片珊瑚群和鱼群等着你跟它们一起戏水；餐厅位置视野绝佳，餐桌上淡雅的鲜花就摘自外面树上；含在房费里的全餐前菜、主菜、甜点样样齐整；服务人员礼貌周到……最重要的一点，离奥斯洛布（Oslob）观鲸鲨景点很近。

Blue Water 每隔 1 个小时左右有一班船在奥斯洛布陆地和苏米龙之间往返，但观鲸鲨只能是上午，结束后我们顺势在奥斯洛布转了一圈。Tutu 司机陪我们站在崖上观景，眼力超好地指给我们看不时从水里冒头出来的海龟。

离观鲸鲨不远的山上有个叫 Tumalog 的瀑布，藏在陡峭的山谷里，下去的路是个几乎超过六十度的陡坡。小黑们用摩托车载客呼啸

Tumalog瀑布

上下，我们看着坡势惊心，不敢尝试。徒步上下仍需要小心保持身体与地面的角度以维持平衡，免于俯仰跌倒。

Tumalog 瀑布落差很大，水流从绿荫密盖的山顶垂落，在一块块突出的山石上延宕后，被分散并放缓了下落速度，层层阻遏而下，到最后变成了如烟般的蒙蒙细雨，飘洒入山岩底部的一汪碧水中。如此高大的瀑布却不宜用壮观而应该用诗意来形容。

很多游客是刚在海里与鲸鲨嬉戏后，穿着泳衣来到这里的，又跳进瀑布下的水潭玩耍。在水里仰望，被漫天雨雾迷蒙的眼中，瀑布似乎和天一样高。

回到岛上，林先生除了吃饭时间就埋头在离岸边不远的水里，玩够回来告诉我看到些什么样的鱼群，小腿被珊瑚刮破一大片仍乐此不疲。

美中不足的一点是苏米龙岛被大量同胞游客占领，看他们在雅致的观海西餐厅里聚众喧哗着甩扑克牌，能最大程度理解“煞风景”这个词的含义。

“大学城”杜马盖地

杜马盖地（Dumaguete）位于内格罗斯岛（Negros）东南部，是东内格罗斯省的省会。因为距离 Apo 岛、苏米龙岛、锡基霍尔岛、奥斯洛布都很近，乘船可以很快到达，又有机场，成了许多游客跳岛游的枢纽。

因为我们是先去保和岛，杜马盖地反而变成行程的最后一站。这个滨海小城市有明显的双面性：一面是拥挤而嘈杂的市容，街道狭窄，人流车流攒动；另一面又是书香气浓郁的“大学城”，除了亚洲最古老的美国式大学 Siliman 大学之外，还有东内格罗斯州立大学等多所高校。人间烟火包围着象牙塔，算是在暗示莘莘学子们除了书本，最值得学习的是生活吗？

Siliman大学

上文已经提到，我们幸运地遇上了 Siliman 大学建校 114 周年庆典，连续两天都有庆典游行队伍出现于街头。

大批西方人在杜马盖地定居，也有不少菲律宾华人在此地谋生，以至于我们在奥斯洛布时，Tutu 司机告诉我们附近有很多 Chinese。我跟他说如果你去长滩岛才明白什么叫很多 Chinese，全世界的热门景点都被咱们中国人承包了。我们来菲律宾不去长滩岛而选择来这里，就是因为国内旅行团还没开辟这条线路，多少有个清静，不用去跟同胞挤。

行程至尾声来到杜马盖地，游乐之心已化为休整之意。我们随意在海边、街头、市场和学校漫步，不再刻意搜寻景观或热衷于跳岛，融入市井去感受城市的暖热呼吸。

竖立着城市 Logo 的海边长堤上摆满小吃摊，附近市场云集，杜马盖地在这里将最本地的形象展现给游客。

离码头不远的 MooonCaf é 味道如推荐般值得尝试。一块大猪扒、一份蔬菜沙拉、两例牛骨汤、两杯椰子奶昔，一共 418 比索（差一点 60RMB）。猪扒香嫩、牛骨汤鲜浓、椰子奶昔里有爽口椰蓉。只是不明白他家 Logo 的弦月为什么叫 Mooon，他家的月亮更亮，所以要多一个 O 吗?

离开前一天预报即将有台风来袭，杜马盖地开始下雨，城市在雨中显得有些沧桑。

一直到我们在机场候机，台风都没来，雨却下个不停。宿务大黄蜂停在机坪不能按时起飞。

在所有人期待窗外雨势减弱的等候中，一个盲人歌者在机场工作人员的牵引下进入候机厅，坐在一个募捐箱旁，一语不发自顾自地弹唱起耳熟的旋律。持续很久，不带任何音响的低声弹唱莫名温暖了我的心，得通过重重安检才能进入的机场候机区为弱者做了一点不影响其他旅客的通融，让我看到了一个社会的良善之意。候机室里不断有人往募捐箱里放入自己的捐赠，盲人歌者始终没说过一个字，只是一曲接一曲，即使唱累了歌声稍歇，手里仍继续着弹奏。直到雨终于小了，人们开始登机，歌声一直未曾停下。

因为到马尼拉只是转机，此次菲国之行至此算画上句号。在心里默默告别琉璃海与爱唱歌的小黑们，突然唯物主义上身。海妖和美人鱼只是传说，那些吸引我们前来的海之歌，其实就出自这些阳光色皮肤的大海子民之口吧?

大黄蜂迅速攀升至云天上，回望琉璃海被拉至视线远处逐渐转变成浓烈混沌的深蓝，而我们即将再次辗转返回红土高原。也许，一次次跋山涉水，惊喜相伴，惊吓亦相随的远行，就是为了让生命的回忆更多彩。

杜马盖地城市标志

奥地利，
不仅是一场旅行

龙传人 & 杨诗源

南亚控 | 码字侠 | 爱红茶 | 锡兰岛民

龙传人 & 杨诗源，资深旅行者、自由撰稿人、译者，旅居斯里兰卡的岛民，著有《中国国家地理：斯里兰卡旅行指南》《印度，不可思议》等 6 部作品。两人相识于锡兰小岛，从此一起旅行，携手走遍三大洲 10 多国，超过 10 家旅行网站签约作者。

杨诗源新浪微博 / 微信公众号：斯里兰卡小妞

哈尔施塔特，凝固寂静中

奥地利是一个能让人欣赏到诸如草原、森林、雪山等多样地貌的目的地，因此旅途绝不会单调。汽车行驶在前往哈尔施塔特的山间公路中，郁郁葱葱的树林、可爱小巧的农舍村庄、秀丽灵动的湖泊沿路相随。但这些不是我们前往此处旅行的最大动力——从小热衷的电影《音乐之声》和《茜茜公主》，驱使着我们前来探寻这电影和音乐的美丽国度。

高耸的山峰从眼前掠过，我的脑海中浮现出《音乐之声》开头的片段：年轻的玛丽亚站在山顶歌唱，四周群山围绕，中间点缀着宁静的农场，小溪河流缓缓淌过……虽然此行的第一站不是《音乐之声》的拍摄地萨尔茨堡，但奥地利迷人的湖光山色已经令人沉醉。

Lonely Planet 上对哈尔施塔特的描述真是带着万般柔情："色彩斑斓的光影家园，优雅的天鹅，崇山峻岭旁碧波荡漾。"在我们决定前往奥地利旅行前，朋友强烈推荐了小镇哈尔施塔特——不知从什么时候开始，几乎所有去奥地利的旅行团都会把这个名字绕嘴的小镇加入行程。究竟它有何魅力？

汽车驶过林茨，天上的云越聚越多，车厢外开始飘雨。穿过一条长

黄昏中的哈尔施塔特船坞

长的古老隧道，汽车把我们送到一栋花园别墅前。房舍位于群山之间，一条小溪从屋边流过。烟雨朦胧，整个小镇被一层厚厚的雾霭覆盖，窗外的哈尔施塔特依然美得惊人，肥硕的天鹅们慢悠悠地划过水面，映衬在湖光山色中。雨稍小一点，我们就迫不及待地去用脚丈量小镇。哈尔施塔特镇（Hallstatt）沿着哈尔施塔特湖而建，历史悠久。名中的“Hall”源自古克尔特语的“盐”，村庄也因附近的盐矿而得名。现今，哈尔施塔特常住人口不足 1000 人，是一个名副其实的小村庄。这样的规模，却在 1997 年被联合国教科文组织列为世界文化遗产。

淅淅沥沥的小雨下个不停，过了旅游旺季的小镇显得萧条而冷清。进入小镇，最先映入眼帘的是贴着山坡立体展开的一间间小木屋，仿佛垂挂在山上。哈尔施塔特靠山临湖，由于纵深太短，镇上居民不得不将房子一层一层地建造在陡峭的山坡上。久而久之，山上错落有致的小木屋成了小镇的迷人风景。十月阴雨的哈尔施塔特真的很冷，然而雾气中淡雅的建筑在精心打理的花草映衬下，反而有一种别样的韵

小镇沿陡峭山坡上而建的小木屋

味。沿着湖边的柏油路漫步，我们在心里默默猜想，明媚阳光下的哈尔施塔特又会是怎样一番景致。

哈尔施塔特面积很小，整个镇子其实只有一条主路沿湖修建。这条道路延伸到的一处弯道在旅行者口口相传中变得十分有名，那里是拍摄小镇的取景佳处——像是小镇的“明信片画框”。主路的起点连接着小镇汽车站，中间是镇中心的广场。从南到北，步行不过二十分钟。你站在湖边上随意一拍，几乎就能把整个小镇收入镜头中。不过，想面面俱到地参观小镇也不是易事。小镇不大但五脏俱全，以尖耸的教堂为中心，各式童话般的小木屋或依山而建，或沿湖排开。让人印象深刻的是，这些小木屋的主人好像巴不得用鲜花装点屋子的任何一个角落，每一户人家都别出心裁，尽力展现出自己的风格，因此哈尔施塔特镇有一种精雕细琢的美感——好像这里的居民个个是艺术家，房屋就是他们引以为豪的作品。虽然大门紧锁，透过细节依然能感受主人的生活情趣。哈尔施塔特的美朝气蓬勃，因为它并非来自于严谨的行政规划，而是真实的生命气质热烈散发。

雨后的哈尔施塔特在傍晚显得格外清冷

小镇的夜晚

哈尔施塔特的夜又美得不同。街边只有几支稀稀拉拉的路灯，可是在镜头里，这种随意感更似山水泼墨，而非工整的细密画。幽蓝的暮色中，房屋、教堂错落有致，深蓝色天空与深邃湖水浑然天成，零零星星的暖色灯光点缀其中。无论从哪个角度，拍出的哈尔施塔特都像一张明信片。在“明信片画框”的弯道处匆匆拍几张照片很不过瘾，小镇的夜晚更是谋杀菲林无数。沿着原路返回，路上看不到任何人，除了极少数酒店灯火通明，其他店铺早已一片漆黑。不到 7 点，整个小镇仿佛沉浸在香甜的酣梦中。走在路上似乎能听到小镇均匀的呼吸。夜深人静的街巷，就像卸去晚装的女人，没了文饰，多了温存。

次日清晨，我独自一人来到小镇中心。雾气已经散去，古老的石板路被雨水冲刷得泛着清冷的光。仄仄的街道上，总也见不到一个人。清澈幽蓝的湖水深不见底，天鹅在湖水中悠悠地游荡。风掠过湖面，忽而皱了水纹，渐渐又平展如镜。站在弯道的“明信片画框”处，我期盼着阳光的到来，哪怕一瞬间也好。湖边的山头云遮雾绕，偶尔有一丝阳光透过云隙晃了一下，可惜天空刚露出一点蓝天，马上又被乌云覆盖。小镇再次飘起小雨，我只好失望地往回走。

经过码头，我注意到一条告示，说火车已经停运，按照原计划乘坐摆渡再倒火车的计划落空，只能乘坐公共汽车前往巴德伊舍。悻悻地回到旅馆，Amy 已经收拾好行李，和邻居热烈地聊着中国菜肴、武术和哈尔施塔特的花艺。离别时，我们没找到房东。其实这两天，除了送早餐，房东从不过来打扰客人，退房时把钥匙留下就好，对客人充分的信任总是让人感觉暖暖的。Amy 给主人留了表示感谢的字条，压在钥匙下，欢迎她来中国玩，还画了一个大大的笑脸。我们离开旅馆走了一段距离，突然看到女主人从楼上的窗户探出头，使劲摆手和我们挥别。

来到汽车站，天上的云完全打开，太阳出来了！明晃晃的阳光洒满整个湖面，竟然有些炫目，眼前的哈尔施塔特换了一张面孔，阳光下的小镇清新干净，隔着淡淡的雾气亦真亦幻，恍如仙境。汽车站里的游客们一阵兴奋，我激动地冲出去拍了几张照片，想回头和 Amy 分享喜悦，才发现她坐在一棵树下，晒着太阳阅读那本未完的小说。金色的树叶像

小镇进入了旅行淡季，平日热闹的湖边餐厅也空无一人

雨过天晴，哈尔施塔特恍如仙境

湖对岸的哈尔施塔特火车站

小镇随处可见的盆栽艺术

哈尔施塔特湖上的小舟

安静的哈尔施塔特清晨，只剩鲜花独自绽放

蝴蝶一般，大片大片地旋转飘零，落了她一身，她却未曾察觉。

有人将哈尔施塔特称为世界上最美丽的小镇。面对这样的盛名，镇上的人反而不太在意。旅行最妙之处在于：这座城市之于你，只有加上你的独家记忆，才是完整的存在。独立的个体有各自的成长和经历——所以真正“站在他人的角度看问题”才会很难，譬如来自内陆深处的旅行者认为大海最美，而溺水恐惧症的人却认为海水凶险。旅行的意义是在陌生的地方邂逅独一无二的缘分，开启慧根。不管是否“最美”，哈尔施塔特就这样藏在丛山深处，你却可能因为某条幽深的巷子、某处安静的落窗而灵光一闪，人生由此被点化。

巴德伊舍，茜茜和弗兰茨的初遇

幸福总是相似的，而不幸各有不同。没有女孩子不喜欢看《茜茜公主》，喜欢她的热烈奔放，美丽善良，勇于追求自己想要的生活。影片中茜茜公主的形象深深影响了一代人，而现实中的茜茜并不像电影中那样光鲜和幸福。就像是童话总在“王子和公主从此幸福地在一起”中戛然而止，不会深究他们婚后的生活。茜茜因桀骜不驯的性格在皇室中不讨婆婆的喜欢，在后期遭受着抑郁和亲人罹难的折磨，虽然人们津津乐道的只有奥地利皇帝弗朗茨对她的宠爱，以及她和拜倒在她石榴裙下的表弟——修建新天鹅堡的路德维希二世之间的故事。小镇巴德伊舍是茜茜与弗朗茨初次相遇的地方，是美好童话的开端。正是因为这个原因，Amy 坚持要在这个很多游客很少驻足的地方停留，去寻找茜茜和弗朗茨的足迹。

报停中出售的有关茜茜公主的明信片

巴德伊舍，意为伊舍温泉，曾是皇家领地，附近的盐矿曾经为哈布斯堡王朝带来非常可观的经济收入。由于山清水秀的自然景观和盐的疗养功效，巴德伊舍成为奥地利王室专属的温泉度假圣地。年轻的奥地利国王弗朗茨·约瑟夫在这里邂逅茜茜并一见钟情，在伊施尔河畔的夏宫举行了盛大的订婚典礼，这段故事随着《茜茜公主》这部电影蜚声全球，也让许多人第一次了解巴德伊舍。

刚刚进入小镇，街边海报、报亭中的明信片、纪念品店橱窗里的玩偶……各种有关茜茜公主的纪念品就不断出现。离火车站不远的地方是一座不起眼的教

巴德伊舍的观光小火车

圣尼古拉斯教堂中的彩绘

堂，无论从外部形态还是教堂规模，看上去似乎没什么特别，网上也鲜有资料介绍。这座名为圣尼古拉斯的教堂建于 1344 年，自巴德伊舍成为奥地利皇室度假胜地开始，这里就成为了一座皇家礼拜堂。教堂内结构并不复杂，也没有太多雕像，但每一个角落都画满了精致的彩绘，让人惊喜。小镇处处充满随意安恬的气息。出了教堂沿着布满落叶的大街往镇中心走，随时可能遇到美丽的绿地或街边咖啡厅，当地人发呆、看报、聊天，十分悠闲——也许正是这样的氛围，才容易让邂逅的人更加向往爱情吧？

过了国会中心和剧院往前不远就是著名的“Zauner”皇家糕点店。它诞生于 1832 年，这里的蛋糕是茜茜的丈夫，弗朗茨 · 约瑟夫皇帝最喜欢的甜点。糕点店位于小镇唯一的步行街上，建筑外墙粉刷成靓丽的玫红色，引得 Amy 拍下许多照片。作为当年奥地利皇室贵族在巴德伊舍必定会光临的糕点店，现在是当地人生活和传统的一部分，无论是清晨还是午后，都能见到穿着考究，连扣子都一丝不苟的老年人来到这里，点上一杯咖啡、一份点心、一份报纸，慢慢地享用。我们和一位戴着精致眼镜的老妪攀谈起来，夸奖她的胸针很特别。她高兴地说：“噢，这是我的外祖母的外祖母留下来的。”一脸回忆往事的温情。光顾蛋糕店的，许多是慕名而来的茜茜的粉丝。在 Zauner 品尝糕点，更多的是品味哈布斯堡王朝的历史情怀。Zauner 糕点店斜对面是一家名为 Sissi 的咖啡厅，橱窗里布满了茜茜和弗兰茨一些珍贵的照片和饰物，据说在当年，这里是茜茜的最爱。想想弗朗茨和茜茜这对伴侣，他们的“最爱”，却是在一条街

巴德伊舍的街边咖啡厅

特劳恩河与伊施尔河交汇处

的不同两边，街道像是他们之间深不可测的隔阂。就好像他们的人生，向左、向右，灵魂始终没能相遇。

再往外走就是特劳恩河。在这个群山环绕的小镇上，特劳恩河蜿蜒流淌，河水清澈透明，河底的水草和鹅卵石清晰可见。在深秋初冬时节，河岸两边满眼金黄，地上的落叶宛若一席金色的地毯，映衬着蓝天、白云，有一种别样的美。特劳恩河沿岸无疑是这座城市最美的所在，我和 Amy 牵手静静地坐在河边，看着缓缓流过的河水，想象着茜茜和弗兰茨或许也曾这样携手走过。如果这天地，最终会消失，我只想留下这份宁静。

走在巴德伊舍的大街小巷时，Amy 总在情不自禁地想：茜茜是不是从这栋房子的窗户翻出来的；那条小路是不是前往电报局的路；茜茜的鱼竿“钓”到弗兰茨是不是就在特劳恩河边；茜茜与弗兰茨边散步边欣赏巴德伊舍风光的小路又在哪里……只要你熟悉《茜茜公主》电影里的场景，就能立刻产生共鸣。电影中的画面与现实终于相遇，这才是一个资深影迷前往巴德伊舍的意义。

萨尔茨堡，音乐之城的音符

萨尔茨堡是个阴晴不定的城市，我们来的第一天就赶上暴雨倾盆。雨中蓝眼睛的年轻人穿着防雨户外服装，行色匆匆地走过。老年人衣着考究，神色严峻地站在氤氲的雾气中。

萨尔茨堡意为盐堡，因为盐矿和城堡而得名。它历史悠久，公元5世纪时，这里的第一座修道院——圣彼得修道院建立，在此后的1000多年里，萨尔茨堡始终是教统区，天主教在萨尔茨堡的历史上扮演了极为重要的角色。公元755年开始，萨尔茨堡发现了盐矿，源源不断的盐通过萨尔茨河运往各地，换来了大量的财富。但是，采之不竭的盐矿不仅带来了繁荣，还带来了多次战争。中世纪以来，萨尔茨堡不止一次被德国占领，甚至在1328年，大主教宣布萨尔茨堡成为一个独立的国家。由于长期的分离，使得这座城市在文化、风俗、信仰等方

前往萨尔茨堡途中，湖区美丽的牧场

米拉贝尔宫的巴洛克式庭院

面与奥地利其他城市有很大的不同。

而在旅行者的心目中，这里更是经典电影《音乐之声》的诞生地。《音乐之声》的时间背景是“二战”前，德国在奥地利扶植傀儡政权，坏脾气的男主角特拉普上校不愿为纳粹办事，因此在演唱会后携带家庭，翻山越岭，最后逃到瑞士。其中，歌唱祖国的部分让人动容。对于这部影片的影迷来说，上校的大女儿和邮递员谈情说爱的玻璃房子（GlassPavalion）、玛丽亚学习和逃难时躲避的修道院、玛丽亚和孩子们一起歌唱的米拉贝尔宫……都是必到之处。

从我们住的新城到老城乘车不过十分钟。下车穿过马路，围墙内就是米拉贝尔宫。米拉贝尔宫原名为阿尔特瑙宫，是大主教沃尔夫·迪特里希为他的秘密情人莎乐美·阿尔特在城堡之外所建造的宫殿和花园，宫殿的每一扇窗都遥望萨尔河畔的霍亨萨尔斯城堡。后来事情败露，大主教被迫免职，囚禁在要塞之中，而莎乐美也远走维也纳。离人在梦中，厮守每个寒冬。迪特里希的继任者为了抹去这段不光彩的历史，将“阿尔特瑙宫”改名为“米拉贝尔宫”。“米拉贝尔”是意大利语，有“惊人的美丽”的意思——毫无疑问，这的确是萨尔茨堡

萨尔茨堡大教堂外的青铜像

最秀美的宫殿。电影《音乐之声》中的经典镜头：玛丽亚带着七个孩子，围绕花园中心的喷泉载歌载舞，孩子们将通往玫瑰山的阶梯当作音阶，唱出脍炙人口的 *Do-Re-Mi*……这段欢快的镜头就是在这里拍摄的。

我们从侧面的小门进入到米拉贝尔宫，这是一座典型的巴洛克式庭院，处处透着皇家花园的气派、文艺复兴晚期的艺术氛围。花园里有众多希腊神话人物雕像，也是构成这座巴洛克杰作的重要部分。遗憾的是，米拉贝尔宫殿当时并未对外开放，偌大的花园中只有我和 Amy 两个人傻兮兮地冒着雨晃荡。我因为这天气有点垂头丧气，Amy 用眼角瞥了我一眼，做出高兴的样子哼唱道："最美的不是下雨天，是曾与你躲过雨的屋檐……"

出了米拉贝尔宫，过了萨尔茨河，就是萨尔茨堡老城，一场秋雨过后，老城更让人感觉干净清爽。老城的道路并不像新城那么宽阔，崎岖的小巷如同巨大的蜈蚣爬行，弯弯曲曲，幽深寂静。经过粮食胡同，大多店面还没有开门营业，狭窄的街道两边建筑又高又陡，罗马式、巴洛克式、文艺复兴式的建筑鳞次栉比，淡黄、浅绿、粉红、天蓝、灰白的外墙温馨而不张扬，岁月沧桑的痕迹反而给建筑增添了独特的韵味。

莫扎特广场上的雕像

商业街的尽头是莫扎特广场，在广场上能很清楚地看到左边的主教大教堂。我们并不着急进入教堂，钻过古老的拱形门廊，一块开放的休闲广场展现出来。广场上有很多小吃摊，提供热乎乎、香喷喷的新鲜面包和咖啡，游人们大都选择在这里歇息。广场上有一尊白衣黑裤的人物雕像，站立在金色的圆球上，表情凝重地遥望着城堡山，仿佛陷入深深的沉思。广场上正在搭建舞台，不知又是什么文化活动要举行。萨尔茨堡每年都有丰富的音乐节及文化活动，而我们眼前的这块广场，也是不可或缺的重要活动地。

此后，我们来到霍亨萨尔茨城堡缆车入口，这条缆车修建于1892年，缆车的年头本身就已成为历史。随着缆车不断升高，视野也逐渐开阔，阿尔卑斯雪顶已进入视线。下缆车后，穿过一个镶着花边的门洞，首先是一个可以俯视山下景色的观景平台。人们迫不及待地来到峭壁边拍摄四周风景，站在这里不仅可以纵观萨尔茨堡城市全景，还可以远眺德奥边境雄伟壮观的雪山风光！难怪初次来到城堡上的每个人都会那么兴奋。老天眷顾，当我们登上城堡，空中的云逐渐散开，阳光洒满整个城堡，忽然有种重见天日的豁朗。我站在城堡观景平台，贪婪地看着眼前的景象，萨尔斯河的一边是精致美丽的教堂和各色房屋，另一边是碧色的草地、叠起的山峦。繁华都市和田园美景皆有之，

从霍亨萨尔茨城堡上鸟瞰整座城市

而蜿蜒的萨尔斯河从城市中穿过，整个萨尔茨堡色彩鲜明，灵动极了。Amy 看着远处萨尔茨堡大主教教堂高耸的尖顶入了神，过了半晌突然说：“你说我们可以登高望远，在这里观察脚下的城市。不知道天上是否有神灵，说不定正在这样注视着我们呢？”

这座萨尔茨堡最为著名的城堡建于 1077 年，之后每一位大主教都在为城堡添砖加瓦，直至 16 世纪。时至今日，其外观大体上仍保持着 16 世纪的原貌，是现今中欧最大、保存最完好的城堡。在萨尔茨堡漫长的历史中，没有任何进攻者能攻占下它，城堡过去既是一座防御设施，也是大主教的住所，同时还充当过兵营和监狱，因此人们常把它称作“要塞”。城堡建筑规模很大，但开放的区域却很有限，几个狭小空荡的博物馆展示着萨尔茨堡城市及城堡的相关历史。我们最想参观的大主教寝宫则没有开放，多少有一点点遗憾。

大主教的头骨和权杖

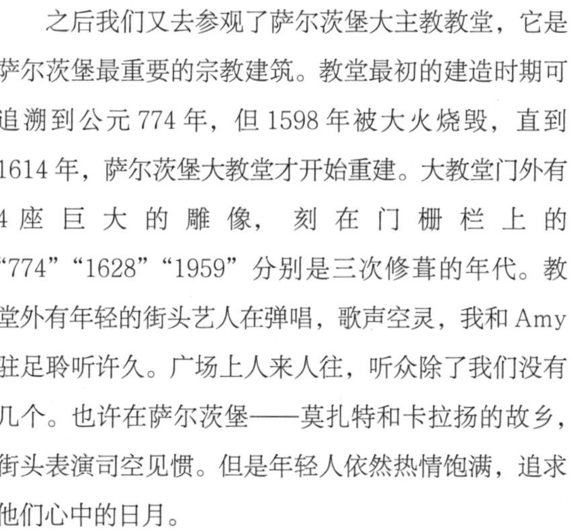

之后我们又去参观了萨尔茨堡大主教教堂，它是萨尔茨堡最重要的宗教建筑。教堂最初的建造时期可追溯到公元 774 年，但 1598 年被大火烧毁，直到 1614 年，萨尔茨堡大教堂才开始重建。大教堂门外有 4 座巨大的雕像，刻在门栅栏上的“774”“1628”“1959”分别是三次修葺的年代。教堂外有年轻的街头艺人在弹唱，歌声空灵，我和 Amy 驻足聆听许久。广场上人来人往，听众除了我们没有几个。也许在萨尔茨堡——莫扎特和卡拉扬的故乡，街头表演司空见惯。但是年轻人依然热情饱满，追求他们心中的日月。

在大教堂附近有另外两个著名的教堂——弗朗西

圣彼得修道院的廊柱、走廊和天花板上布满了描绘宗教的壁画

萨尔茨堡大教堂美丽的穹顶

斯卡教堂和圣彼得修道院。弗朗西斯卡教堂与萨尔茨堡大教堂一样，其历史可以溯源到萨尔茨堡基督教早期，只不过萨尔茨堡大教堂是巴洛克式风格，主要用于宗教活动，而弗朗西斯卡教堂则是歌特式建筑，专门为人们祷告而建。我们到的那天弗朗西斯卡教堂没有对外开放，但满目疮痍的外观已经让我惊叹不已。

圣彼得修道院位于弗朗西斯卡教堂斜对面城堡山的山坡下，是一座有三重侧廊的罗马式长方形会堂。修道院虽然体量不大，但是内部装饰相当精美，廊柱与走廊的尽头布满罗马壁画，在修道院建筑中心的天花板上还有许多描绘宗教的画像。该修道院还有一片精心照看的墓地，这也是圣彼得修道院的真正看点——《音乐之声》中，男主角一家逃亡时曾藏身于此。

傍晚时分，我们爬上城堡对面的卡布金纳山。站在山顶的观景平台，老城、新城、盐河、桥梁、城堡、教堂、宫殿尽收眼底。整个城市依山傍水，建筑高低错落，层次分明。晚霞透过云层，将天空染成瑰丽的胭脂红、粉金和玫瑰紫，古老的城市躺在燃烧的云彩里，宁静而致远。华灯初上，白天的朴素隐藏在辉煌的夜色里，此刻的萨尔茨堡，流光溢彩。

次日清晨，萨尔茨堡总算摆脱了前两日的阴霾。我们决定前往海尔

莫扎特小摆件

莫扎特小雕像

萨尔茨堡随处可见的莫扎特巧克力

萨尔茨堡街头的灯光秀

《音乐之声》中的玻璃房子被随意摆放在海尔布伦宫花园一角

布伦宫，去寻找《音乐之声》中的玻璃房子。海尔布伦宫位于萨尔茨堡市郊的一座巴洛克别墅，曾是萨尔茨堡大主教的夏季日住所，其最大的看点就是喷泉。来到海尔布伦宫，我们径直走进花园。海尔布伦宫的花园非常大，因为花园无须门票，完全对外开放，所以在里面随时都能看到当地居民跑步、遛狗、野餐、读书、晒太阳，充满了生活气息。

《音乐之声》中的圆形玻璃房子被放置在海尔布伦宫花园的一角，在电影中，这个玻璃屋是上校家大女儿与小男友晚上约会的所在，也是玛丽亚与上校互诉衷肠的地方。但真实的玻璃屋并不华丽，而是十分简单，随意置于花园角落里，甚至有点让人遗憾，仿佛网友相见，照片中惊艳的女孩在现实里却平凡普通。抚摸这玻璃房子，脑中不禁回荡起那段熟悉的旋律："Doe，a deer，a female deer.Ray，a drop of golden sun.Me，a name I call myself. Far，a long，long way to run……"也算是圆满了影迷的心愿。

离开的那刻，天气放晴，从海尔布伦宫汽车站眺望四周，萨尔茨堡城外高耸的山峰开始显露出积雪的顶盖。作为莫扎特的故乡和电影《音乐之声》的拍摄地，如果没有这些文化元素，萨尔茨堡可能和奥地利多数风光美丽的小城一般默默无闻。如今，它被世界文化遗产收录。时光荏苒，萨尔茨堡不曾翻天覆地地改变，一切如旧。留在旅人心里的都是《音乐之声》和莫扎特音符的甜美回忆。

维也纳，茜茜公主的美丽与哀愁

乘坐地铁来到维也纳老城，从斯蒂芬教堂站一出来，抬头便看到一座哥特式的庞然大物。这座气势恢宏的教堂，矗立在古老狭窄的街道围成的广场中央，锥型的尖塔直插云天，显得气势不凡。教堂前的广场上游人如织，大量打扮成莫扎特形象的音乐会门票推销员也聚集在此。我们穿过幽暗压抑的大门，教堂里豁然开朗，令人不禁心怀敬意。当年的能工巧匠花费了将近四个世纪，将大教堂建成，如今斯蒂芬教堂以哥特式尖塔和马赛克花样的屋顶享誉全球，也是维也纳的象征。不过，现在的教堂内被各国旅行团占领，少了应有的安静和肃穆。

史蒂芬教堂周围，是整座城市最繁华的所在。向南是克恩滕大街，连接了大教堂与国家歌剧院，云集了众多珠宝饰品店、高级时装店，向西是格拉本大街，虽然不长却十分繁华，奢侈品店鳞次栉比。这两条商业街以及延伸出的曲折小巷是奢侈品爱好者、购物狂们最爱消磨时间的地方。

史蒂芬教堂外墙上的浮雕

我们向西而行，没有走太远，就发现路中央一座金色冠顶的纪念柱格外惹眼，这是为了纪念 17 世纪死于黑死病的受难者而建造的尊黑死病纪念柱。黑死病又被称作鼠疫，是人类历史上最严重的瘟疫之一，此病多次在欧洲蔓延，总计共有 2 亿多欧洲人死于这场瘟疫。1679 年的维也纳黑死病肆虐，吞噬了几乎三分之二维也纳人的生命。黑死病结束之后，当时的神圣罗马帝国皇帝利奥波德一世决定建立一座还愿

新古典主义建筑风格的国会大厦

色彩鲜艳、长满绿植的百水公寓

哈布斯堡王朝的皇宫——美泉宫

柱，感谢上帝终结黑死病。这座纪念柱是巴洛克时代有代表性的雕刻建筑，布满繁琐的雕像，描绘了神创天地、黑死病流行、最后的晚餐等，1693 年下令兴建柱子的国王利奥波德一世也被雕在上面，他正半跪在地上祈求上帝保佑自己的臣民。格拉本大街尽头左转直走，便通向我们此行的主要目的地：霍夫堡皇宫。

追寻茜茜的足迹

霍夫堡皇宫是哈布斯堡王朝奥匈帝国皇帝的冬宫，自 1275 年至 1913 年间，这里历经多次修建、重建、扩建，最终才形成了现在这个由 18 栋楼房、19 个庭院和 2900 个房间构成的迷宫。自然，风格也打上了时代的烙印，呈现哥特式、文艺复兴式、巴洛克式、洛可可式风格的多样统一。

走近霍夫堡皇宫，首先映入眼帘的是宫前广场中央陈列着的 1989 年至 1991 年发掘的古罗马建筑遗址。公元 1 世纪至 5 世纪时，这里是古罗马士兵的家眷居住区。广场对面，在众多巴洛克建筑包围下，晚期罗马式的米歇尔教堂显得很特别。这座教堂建于 13 世纪，曾是哈布斯堡王朝的宫廷教堂，还是重要的宗教音乐表演场所，莫扎特的最后一部作品《安魂曲》便是在这座教堂里首演的。作曲家莫扎特是奥地利除茜茜公主之外的另一文化标志，在 1762 年，6 岁的莫扎特就已经显露出不凡的音乐才华。他在美泉宫里举办了首次音乐会，演奏结束后，小莫扎特蹦蹦跳跳地到女皇玛丽亚 · 特蕾西亚的怀里，据说还重重地亲了女皇。

进入到霍夫堡皇宫内部才知道现在皇宫部分房间对外开放，包含有数个博物馆，包括皇家珍宝馆、茜茜博物馆等。对，就是 Amy 旅行目标清单上用粗体标注的“茜茜公主博物馆”。

茜茜博物馆是维也纳政府为纪念和庆祝国王约瑟夫一世和王后伊

丽莎白结婚 150 年而建造的。馆内集中展示茜茜公主的个人生活，“特别是她对宫廷礼仪的反抗、对美丽和瘦身的疯狂追求、对体育的极度热衷”。茜茜，即伊丽莎白皇后，嫁给弗朗茨 · 约瑟夫的时候只有十六岁，还是少女怀春却尚不懂婚姻的年纪。稀里糊涂地成为了万众瞩目的皇后，她却十分厌恶“皇后”这一标签给她带来的束缚和羁绊。

伊丽莎白的性格自由奔放又叛逆，如同一匹野马。宫廷生活只有繁文缛节，没有她要的草原。她尽量回避外交场合和政治事务，被皇室和民间批判为“不愿承担和履行皇后的责任”。很多人认为她对丈夫并没有爱意——在她的房间里，竟然没有一张丈夫的照片，全都是年幼时和家人的记忆。在后期，伊丽莎白的儿子鲁道夫自杀，就像溺水的人看到最后一根稻草湮没，世界在那一瞬间沦陷。绝望和孤寂的毒汁啃噬着她的内心，此后，她常年穿着一身黑衣，蒙着黑纱，直到在日内瓦被刺杀身亡。

茜茜公主的画像

博物馆的展品包括保留下来的茜茜夏装、当年结婚前夜聚会礼服的复制品、著名的肖像画、她旅行所乘坐船只的仿制品（可以亲自体验茜茜的船舱）、带有她亲自手绘信纸的小书桌、银质餐具（有茜茜的小海豚标志），以及她被刺杀后的面部石膏像等。原来真实的伊丽莎白比电影中罗密 · 施耐德扮演的茜茜更加美丽。参观完整个博物馆，就像是梦魇般经历了茜茜的一生。

茜茜公主的故事还有一个更宏大的背景：茜茜的丈夫弗朗茨 · 约瑟夫是一个非常勤勉的皇帝，但他生

与茜茜公主有关的重大事件

不逢时，摇摇欲坠的哈布斯堡王朝很难再获辉煌。茜茜公主在她短暂的皇后生涯中，参与的十分有限的政治事件就是促成了奥匈帝国的建立：匈牙利承认奥地利皇帝，奥地利和匈牙利成为了“奥匈帝国”，一起抵御俄国力量在巴尔干半岛的各种蚕食。后来，弗朗茨皇帝的侄子在萨拉热窝被刺杀，成为导火索，第一次世界大战由此爆发。

“当你感到忧愁和烦恼的时候，就到这儿来敞开胸怀遥望大自然。你能从每一棵树，每一朵花，每一片草，每一个生灵里，感到上帝无所不在，你就会得到安慰和力量……”这是影片《茜茜公主》中的经典台词，无数影迷被热情奔放、热爱自然的茜茜感动，Amy 也是其中之一。童话终究是童话，影片并没有告诉我们故事晦暗的底色：电影中那个在巴伐利亚青山绿水间策马奔腾的的茜茜，其真实的人生其实是一个悲剧。片中吉卜赛女人的预言“这是一个厄运缠身的女人”，电影中也只是适可而止地提及茜茜的患病。虽然比较写实地表现了茜茜的一部分性格，但是仅仅是黑绸裙子上的几颗亮色珠宝而已。

哈布斯堡王朝的荣光

哈布斯堡王朝（Habsburg），欧洲历史上统治领域最广的王室，也是欧洲历史上最为重要、影响力最大、统治地域最广的王室家族。哈布斯堡王朝统治下的维也纳在很长一段时间内曾经是整个欧洲的中心，曾经统治神圣罗马帝国、西班牙帝国、奥地利帝国、奥匈帝国。维也纳很多街区都被完整地保存，经过了几个世纪，还是文艺复兴时的模样。大街小巷弥漫着文艺气息。在维也纳老城区徒步游览，不难窥见哈布斯堡王朝遗留的荣光。

环城大街又叫戒指路，见证了维也纳的繁荣。这里原本是以斯蒂芬教堂为中心、围绕维也纳老城区的旧城墙。后来，随着奥地利帝国和奥匈帝国的发展，维也纳的人口急速增长。1858 年起，人们拆除了旧城墙，修建起环城林荫大道。环城林荫大道有 4 千米长，57 米宽，大街两旁仿佛建筑物博物馆，汇集了奥地利人文艺术的精华。“博物馆”里的建筑多建于 19 世纪下半叶，当时皇帝邀请欧洲各地的著名建筑师参与大街的建筑设计，这才形成了建筑史上有名的“环城大街风格”，展示着奥匈帝国的荣耀。

环城大街最显眼的是 5 座尖塔，居中的一座最为醒目，那是维也

由五座尖塔组成的维也纳新市政厅

维也纳城堡剧院，一座典型的意大利文艺复兴式建筑

纳的新市政厅，壮观雄伟如同一座教堂。这是德国建筑师费里德里希 · 冯 · 施密特的作品，它至今仍是环城路上最高的建筑物。市政厅采用了新哥特的风格，中间耸立的尖塔实际是一条中轴线，使它左右对称。中央的钟楼高达 98 米，象征着维也纳市民觉悟的提高。市政厅旁的感恩教堂高 100 米，曾是这条路上最高的建筑。当时，其他建筑规定不能超过这个高度，于是设计者煞费苦心地将塔本身限制在 98 米，然后又在塔尖上加上了一尊高达 3.4 米的“市政厅铁人”。这段反映了哈布斯堡王朝时期行政和宗教对抗的故事，至今被人们津津乐道。

市政厅大厦对面是城堡剧院，原是玛丽亚 · 特雷西亚女皇于 1741 年所建的皇家宫廷剧院，1888 年后，改建为现在的意大利文艺复兴式建筑。特蕾西亚女皇是欧洲和奥地利历史上十分有名的一位女皇，她变革国家，为古老的哈布斯堡王朝注入新活力；巧妙使用联姻，深刻影响了 18 世纪中后期的欧洲格局。可惜这座剧院在“二战”时被严重损坏，战后花了七年时间才得以修复。如今城堡剧院是欧洲著名的剧院之一，它的内部有奥地利著名画家克里姆特绘制的天顶画。

市政厅右侧是维也纳大学，大学门口及附近的草甸上聚集了无数年轻人，热闹非凡。创立于 1365 年的维也纳大学，是目前德语区内最古老的大学，也是奥地利和欧洲最大的大学之一，曾经有 27 位诺贝尔奖金获得者出自该校。环城大街边，文艺复兴风格的教学楼是 1873 年至 1884 年建造的，由因设计感恩教堂而一鸣惊人的建筑师海因里希 · 冯 · 费尔斯特设计。

环城大街尽头的哥特式双塔教堂就是感恩教堂。茜

被秋叶铺满的环城大街

正在维修的感恩教堂

茜公主的丈夫——弗朗茨·约瑟夫皇帝在此地遇刺，有副官和一名屠夫的护驾才幸免于难。皇帝的弟弟，后来的墨西哥皇帝费迪南公爵为感谢上帝保佑哥哥，筹款修建了这座教堂。白色的主楼与两个直立云霄的楼塔是最主要的特征，复杂精致，巧夺天工。

这位大难不死的皇帝弗朗茨为人勤奋，却生不逢时，一生坎坷。心爱的儿子鲁道夫自杀，妻子茜茜被刺，就连筹款修建这座教堂的弟弟也在墨西哥被枪决。最让人遗憾的是他终其一生也未得到茜茜爱的回应。不得不说，茜茜遇刺的原因十分荒谬，充满了巧合——她被意大利无政府主义者刺杀，而这个意大利人只是想杀个皇室成员而已，至于是谁他根本不在乎。茜茜死后，弗朗茨更加孤寂。1879 年，弗朗茨与普鲁士领导的德意志帝国结盟，1914 年向塞尔维亚发出最后通牒，把奥地利和德国拉入第一次世界大战的深渊，数千万人流离失所，倒在血泊中。1916 年，弗朗茨死于肺炎，此前亲人均已离世。

猪肋排，奥地利咖啡和弗朗茨皇帝的炸肉排

美食乃旅途之要事，奥地利是肉食者的天堂，它的传统美食烤肋排一定要品尝。于是，我们一路前往广受好评的 Purstner 餐厅。到达之后，发现整个餐厅空空荡荡，完全被我们包场，很难想象这里晚上一座难求、排队都等不上座位的壮观景象。

Purstner 是一家摇滚乡村风格的餐厅，装潢很有特色，墙上挂满猎物制成的标本，护墙板上也是森林狩猎图，为客人营造出一种在欧洲小村庄就餐的氛围。我们点了烤猪肋排，混合沙拉和奥地利本地啤酒。当特色的烤肋排端上来时，我们惊讶得合不上嘴：风格粗犷的巨大特制木盘里，乘放着大约三十厘米长的肋排，几乎和我的胳膊一样长！肋排烤得外焦里嫩，配上松软的烤土豆和沙拉，一口咬下去汁水四溢，美味无比，名不虚传。我们吃完一数，足足有二十几根肋骨！Amy 一向号称“胃里能盛下银河系”，这次和我分享一份也吃得要扶墙而出。据说当地人都是至少一人一份，实难想象奥地利人民的食量。

维也纳咖啡也是必须品尝的。维也纳咖啡是奥地利最著名的饮品，完美地结合了鲜奶油的浓郁、巧克力的甜美和咖啡本身的香醇。品尝的时机非常重要，在奶油、巧克力和糖浆即溶未溶之时，才能体会其中曼妙的滋味，错过这个时刻，就很寡淡了。其实，所有的食物都一

Purstner餐厅

摇滚乡村风格的Purstner餐厅，以烤猪肋排而闻名

样，Timing is everything。比方说，最简单却最流行的港式菠萝油不过是面包和黄油，而好吃的诀窍，就是要菠萝包趁热夹上冰凉黄油，方能体会冰火两重天的味道。也许在维也纳这样生活节奏慢悠悠的城市，人们才能充分意识到，要珍惜食物最好吃的时候。

维也纳的咖啡除了是一种饮品，也是维也纳人的生活方式。帝国饭店内的帝国咖啡厅就是品味维也纳咖啡文化的最佳选择。酒店在 1873 年由奥匈帝国皇帝弗朗茨 · 约瑟夫揭牌，“二战” 之后，这里又成为苏联占领军的司令部。我们一时兴起前往此处。因为徒步维也纳城市，没有来得及换上合适的着装，我和 Amy 穿着随意的户外服装就进入了咖啡厅，瞬间觉得十分尴尬——咖啡厅内环境十分正式，装潢堪比霍夫堡皇宫：浓厚的哈布斯堡王朝宫廷风格，陈设极尽雍容、富丽堂皇，菜单的设计和摆设更是一丝不苟。只有我们两个一看就是游客着装，其余喝咖啡、看报纸的人都穿着喝下午茶的得体服饰，优雅从容，从发型到钮扣一丝不苟。满脸黑线的 Amy 直感叹：准备工作做得不够仔细啊！既然都来了，我们只好硬着头皮点了两杯咖啡，一份 “帝国蛋糕”Imperial

Cake。打着领结、穿着制服的侍者翩然把点心呈上。听着缓缓的钢琴曲，我们逐渐放松下来。

历史上，许多名流人士和著名作家在咖啡馆交流写作，创造了奥地利灿烂的文化和活跃的文艺空间。因此，维也纳的咖啡馆永远试图保持古老的传统，弥漫着怀旧氛围。作为欧洲咖啡文化的发源地之一，维也纳有太多著名的咖啡厅，中央、德梅尔、沙赫、哈维卡、兰德曼等，帝国咖啡厅是环境最好、服务最棒的一家。“下次来之前记得换衣服啊！”我们俩互相叮嘱。

还有一种游客必尝的食物是维也纳炸肉排，它甚至被作为奥地利的名片之一。这是由切得薄薄的牛肉片撒上面包屑，深度油炸而成（和我们的炸鸡排很类似），再佐以柠檬和香菜，以及土豆或大米。这道“名菜”做法简单，油炸食品也不见得多健康，但因是“弗朗茨皇帝最喜爱的食物”而驰名。来自美食之国的中国游客总是很不理解：皇帝就爱吃个炸肉啊？实际上，茜茜的丈夫弗朗茨·约瑟夫皇帝是一个十分简朴的人，大部分的时间都在工作。他每天 5 点起床处理公务，还保持着军人的生活作风。在美泉宫可以看到，弗朗茨的卧室简单极了，让人不敢相信他竟然是偌大帝国的君主。经常忙得吃不上饭的他，喜欢维也纳炸肉排这样高效率的食物也就不难理解了。

令人垂涎的维也纳炸肉排

美泉宫，特蕾西亚女皇和茜茜公主

太阳再次升起，我们收拾妥当前往美泉宫。维也纳美泉宫的历史可以追溯到中世纪，最初这个地区是一家葡萄酿酒厂，后改为维也纳市长的办公地。1569 年，神圣罗马帝国皇帝马克西米连二世买下了这片土地，从此成为哈布斯堡王朝的皇宫所在地。传说，此处有一眼甘泉，神圣罗马帝国皇帝马蒂亚斯将此泉命名为“美泉”，这就是“美泉宫”这一名称的来历。1743 年，奥地利女皇玛丽亚 · 特蕾西亚依照法国凡赛尔宫的设计，对美泉宫进行了一次重大的改建，蓝图上的宫殿规模和豪华程度与凡尔赛宫相比有过之而无不及。可惜由于财政预算的缘故，特蕾西亚女皇的设计未能全部付诸实现。即便如此，美泉宫 1741 间的房间数量和 2.6 万平方千米的园林，也足以显示出皇族的气派。鹅黄色呈“凹”形的宫殿张开巨翼，孤立于广场中央，傲视周围。这和中国的东方宫殿群式的设计大相径庭。

现在的美泉宫共有 1441 间房间，其中 45 间对外开放，供游客参观，整个宫殿是巴洛克风格的，但是其中有 44 个房间是洛可可风格的。我们买了 ImperialTour 门票，可参观 27 个房间，包括了主建筑、皇帝皇后的房间、中国阁、大小宴会厅等，然后从宫殿正门进入，寄存背包，带着窥探茜茜和弗朗茨生活的好奇和兴奋进入宫殿。美泉宫洛可可风格的房间以金色和白色为主调，彰显了奥地利帝国鼎盛时期

俯瞰美泉宫和维也纳

的气派和辉煌。不过这种豪华也是相对的，不要说和中国的皇宫比，就是和印度的皇宫比都显得相对简单。

美泉宫里最值得一提的是两位传奇女性——玛丽亚·特蕾西亚女皇和茜茜公主。特蕾西亚女皇是奥地利历史上赫赫有名的一位女皇，她生育众多，16 个儿女多和欧洲其他皇室联姻，包括后来随法国国王路易十六同上断头台的法国皇后玛丽·安托瓦内特，深刻影响了 18 世纪中后期的欧洲格局，因此人们也戏称玛丽亚·特蕾西亚女皇为“欧洲丈母娘”。不仅如此，特蕾西亚女皇的儿子约瑟夫二世后来更是成为了神圣罗马帝国的皇帝，创建了属于自己的王权政治。美泉宫长廊内挂满哈布斯堡王朝历代皇帝的肖像，还有玛丽亚·特蕾西亚女皇所生 16 个儿女的肖像。女皇玛丽亚·特蕾西亚当政时是美泉宫的鼎盛时期，这里成了奥地利政治和上流社会生活的中心。莺歌燕舞，盛大的皇室聚会频繁举行。特蕾西亚女皇执政的 40 年里，对宫殿进行了几次改扩建，这座洛可可风格的宫殿才达到了我们今天看到的规模。可以毫不夸张地说，如果没有玛丽亚·特蕾西亚，美泉宫就不可能有今天的辉煌。

美泉宫见证了玛丽亚·特蕾西亚女皇传奇的一生，也目睹了茜茜公主——即伊丽莎白皇后的无奈与不幸。茜茜是巴伐利亚的公主，深受父亲巴伐利亚公爵马克斯的影响。马克斯对政治和社交活动了无兴趣，喜欢骑马和户外运动。茜茜深受父亲自由主义的影响，生活无拘无束。正如言情偶像剧的情节，这种质朴而自然流露的性格深深吸引了奥地利皇帝，懵懂的茜茜成为了皇后。然而，皇室期盼的“大家闺秀”气质却和茜茜的风格截然相反。也许她会是一个可爱的恋人，却注定无法让延续数百年的奥地利皇室满意。皇室嘲笑伊丽莎白“她这一口巴伐利亚的方言，在邻家的农民孩子中应该很受欢迎”。茜茜一生也无法适应皇宫礼教生活。她尽量在四处旅行，把全部注意力转移到美容和保持身材上。她吃得很少，大量运动来控制体重。她的寝宫还有全套的体操设备。

参观完之后，我们走出皇宫，来到后花园，绿草如茵，高大的灌木修剪整齐，许多维也纳人在园中跑步。一个小山坡上耸立着一幢浅黄色多拱门的凯旋门，壮观气派。我沿着铺满碎石的“之”字形小路一步三回头地往上爬，直至小山顶的凯旋门前的最高点。白云青空之下，整个皇宫、花园尽收眼底。远处，古老的维也纳城密密麻麻地铺开，更远处，还有层层叠叠的山峦和森林，那是一个更广阔的天地，却是茜茜向往却不曾拥有的。

多瑙河流经的浪漫城市

在维也纳很难找到一条笔直的路，当你走在夹杂于五六层建筑之间、略显阴暗的街道上时，抬头只能看到一线蓝天和金色的阳光光斑。生活在中国北方的我不禁想，要是每天抬头都能看到湛蓝的天空和灿烂阳光，该是件多美好的事。

维也纳普通居民楼基本上都是五六层的老楼，拥有八九十年的历史。每栋建筑看似相似，却又总能找到它们各自的特色和亮点。维也纳人坚信，他们的生活是世界上最好的生活。大家都在家里忙碌着园艺、家装、阅读、烹调、相互陪伴……在这里，建筑不是躯壳，一栋栋小房子里，盛放滚烫的生活，丰盛的灵魂。想起郝云的歌：“慌慌张张，匆匆忙忙，为何生活总是这样。难道说，60 岁后再去寻找想要的自由？”

走在维也纳街头，随处可见跑步的人，自行车道比机动车道还要宽。咖啡馆随处可见，里面人头攒动，或是聊天看报，或是发呆消磨时间，咖啡厅成为了维也纳人生活的“第二个客厅”。街头巷尾不时传来阵阵艺人的小提琴声，人们热衷于音乐会和展览……维也纳生活就是这样浪漫，他们也有着足够的理由：灿烂的阳光、秀美的山川、绚丽的花朵、柔软的草地……维也纳的唯美、纯真、自然、闲适，还有维也纳人舒缓的生活节奏，无不让我羡慕。一个懂音乐的城市必定是灵动的，也许部分原因是，这是一座被多瑙河缓缓滋养的城市，这是

色彩鲜艳、长满绿植的百水公寓

“蓝色多瑙河”的城市。

小约翰·施特劳斯的圆舞曲《蓝色的多瑙河》的创作灵感来源于维也纳段的多瑙河，被誉为奥地利的第二国歌。因为这一“只应天上有”的圆舞曲，使穿城而过的多瑙河具有了艺术气息。我们乘上地铁前往“多瑙岛”站。当从地铁钻出来，眼前豁然开朗，开阔的多瑙河泛着闪闪波光从脚下而过。Amy 的第一反应是：“咦！我们被小约翰·施特劳斯骗了——多瑙河明明是银色的！”

脚下的多瑙河是现今多瑙河的主干道，而老多瑙河因多次严重泛滥而改造的分支，已被堤坝隔开，不再与多瑙河相连。多瑙岛是一个人工岛屿，由挖掘泄洪河道的泥土堆积而成，位于泄洪河道与多瑙河主航道之间，现在是绿草茵茵的大公园。这里不是广为人知的“蓝色”，也不如想象中的那般繁华和喧闹，多少有点冷清，偶尔有两三个滑旱冰或者骑车的青年经过。多瑙河水在强烈的阳光下与古老的城市相映成辉，银灰、深灰，就是看不出任何蓝色。我和 Amy 坐在多瑙河边静静地凝望，这条人文气息浓郁的河流穿越时光，和百年前一样平静地流淌，承载着不知多少故事。

我们又去了老多瑙河站，极目远眺，老多瑙河保持了原有的风貌。河水清澈至极，蓝天白云投影入水，满眼湛蓝，河岸风景秀丽，水面上洁白的天鹅在芦苇丛中拨弄水面，泛起阵阵涟漪，远处白帆点点与天际相接。维也纳是多瑙河流经的第一个大都市，从西向东流经十个国家。但多瑙河却在奥地利扬名，维也纳被称为“多瑙河女神”。这条河流和这座城市，说不清楚是谁滋养了谁，谁成就了谁。

离开多瑙河，再次来到维也纳老城，后面的旅程更加随意。其实让我们不念念忘的，往往是在每一座城市间游走时的很多瞬间。华丽的建筑、优雅的公园，鹅卵石铺砌的街道上，马蹄哒哒，电车叮当，在维也纳城中徜徉，满城仍是莫扎特的回响，仍是弗朗茨与茜茜公主的往事。

在哈尔施塔特，我和 Amy 双手紧握，站在高处凝望着古老的塔尖；在弗朗茨和茜茜初遇的城市，我们聆听妆容精致的老妪讲述人生的遗憾和欣喜；在《音乐之声》取景的米拉贝尔宫，吟唱着“最美的不是下雨天，是曾与你躲过雨的屋檐”；在弗朗茨到达过的咖啡厅品尝下午茶，悄悄观察一位老先生蹙眉时眉间的忧郁；在霍夫堡宫殿，像是梦魇一般地阅读了茜茜的一生。

旅行的意义在于：抵达那些似乎遥远不可触及的距离，亲眼去触摸传闻和故事里的人物足迹。电影和小说里的人物穿越时光，从点点滴滴的生活细节中呼啸而来。我们看了想看的，触摸浮华光影和虚无文字背后的真相。原来不同维度的两个世界，像是一张白纸上，两个相隔遥远的黑点，在纸张折叠那一瞬间突然重叠。你的旅行也因为拥有这些细节，幻化出耀眼的光芒。从此以后，面对不同的意见，你只需淡然一笑：因为只有你见过的世界，才是有意义的存在。

独特的百水公寓在维也纳十分显眼

老多瑙河畔的小房子

我与世界
只差一场旅行

达尼贾

喵星万人迷 | 萌 | 耳机控

达尼贾，喜欢旅行和写作的女子，爱好多得像双子，花痴起来像双鱼，工作起来像摩羯，深情起来像天蝎，吃货起来像金牛，其实是一只呆萌的小白羊。呼吸不停，行走不止。

走出去，不是一件容易的事。

年轻时的我并不明白这个道理。签证？机票？酒店？行程？餐饮？语言？货币兑换？这些看起来也不是那么难吧？但后来和朋友们聊天时，才知道原来大多数人都是因为这些看似很小的原因放弃了这一场又一场“说走就走”的旅行。

我们如果真的想实现“旅行”这个宏伟计划，其实从做决定到出发还远得很。这个过程挺像公司里一个短期项目小组负责人要做的事：项目计划（行程计划）、项目周期（出行时间）、财务预算（旅行预算）、人员调配（出行人员），要操心的事儿真是不少，想想都觉得累呢！

不过，走出去、行动，意味着一切。

在人生中，我们有很多困惑与选择：

“她到底喜不喜欢我？”

“大溪地的海到底有多蓝？”

“那家餐馆到底好吃不好吃？”

“要不要办个健身卡？”

……

如果你不行动，不问出那句话，不迈出那一步，那么你永远也不会知道答案。

第一次旅行

第一次旅行是和大学同学去了杭州，那时候准备旅行的我，仿佛一个孩子，世界是全新的。

那时的我刚刚大学毕业，是个标准的月光族，工作了半年多，兜里的预算只有3000块，但心里已经蠢蠢欲动很久了。16岁开始读三毛，从小的梦想也是环游世界，既然攒够了钱，找到了假期，就果断开始了第一次穷游之旅。现在回忆起来，依然觉得十分美好。

3月的杭州依然十分寒冷，我记得石板路异常潮湿，只有午后的阳光照进来，才烘干了一点点。

在那次旅行中，我学会了打包，第一次坐长途火车，第一次连续一周在外过夜，第一次吃到烩菜年糕，第一次学会了照顾自己。

那次旅行，打开了我的世界。

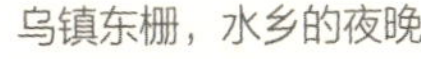

乌镇东栅，水乡的夜晚

南国故事

迷人的南国小镇中，你可以悄悄看见汤外婆的身影。

她站在木门边张望，背靠着屋里，没有转身，观察好外面的情况，慢慢地一只手过来拉着我，说道："好嘞，可以走了，来啊！"我小心探出头去，左右看着，她轻轻推我，顺势回到屋里去。我飞快地回头："婆婆再见，我会想你的！"

她竟然听明白了我的话，也笑着说："哎，侬也

彩色的河

想你的呀！”不敢多想，我低下头，细细的石板路，映不出我的惆怅。

离开了婆婆家，回首之间，只看到她依然温暖的神情。

那天早上，天蒙蒙亮，我和同伴背着重重的背包，空气湿冷异常，途经之处都是一层厚厚的露水。

同伴说依稀记得我们找的民宿的门牌号码是225，蓝色小铁片高高挂在门上，我仰着头，走了一路也找不到这个号码。经过了水龙会（古时的消防队），才看到一扇半掩的门，里面漆黑一片，我踮着脚尖，往屋里张望着。

有一位老婆婆，她坐在赭石色的长条凳上，桌上放着用黄色纸张叠成的一只只小船，旁边是一瓶鲜红色的颜料。

婆婆口里念念有词，声音小而快，我只听见“舍利子，色不异空，空不异色……”我在心里揣测，这应该是《般若波罗蜜多心经》。每念完一遍，她就在小船中间鼓起的部分，用木棒点上一个小红点。

一下子明白了，这些应该是清明用的小元宝。随着叔叔的介绍，打破了所有沉寂。我们被带到临水面的小屋，全木的房间，外面一条条乌篷船悠闲划过，天花板上倒影不断地闪动着。

我们饥肠辘辘，叔叔煮了很多汤圆，泡了菊花茶，这样一顿下午茶，吃得心里甜甜的。

接下来的几天，用了很多时间在乌镇的大街小巷游走，喜欢人很少的巷子，微风清清凉凉，阳光淡淡不耀眼。

同伴流连在纪念品的小摊子前不肯走，我便泰然前行，有很多婆婆拉住我说话，声音细细小小，要求买她们做的小鞋子。我发现途经的每家人墙上的角落里，都挂着一幅素描的人像，我走进一间小屋子，终于开口问了画像的来由。一位婆婆告诉我，这是家里故去的人生前的画像，家人会专门找人先画好。我听了心情很复杂，不知先人们在画像时有着怎样的心情。

孩子在外面走累了，总是想着回家去，吃得饱饱的，睡得香香的。

汤外婆换了厚厚的被子给我们，还拿了滚烫的一壶菊花茶来，这里的菊花味道很浓厚，一点点就有重重的颜色与香气，满屋子都是木香和茶香。

晚上非常阴冷，把被子掖来掖去仍是鼻子凉凉的。我们让婆婆早些睡，她说要拜菩萨，让我们先睡了。

一睁眼便是晴空朗朗，外面的小桥、石板路上空无一人，神清气爽。

去外面的院子里洗脸，水龙头流出的水冰冷彻骨。婆婆问:“吃不吃年糕?”我们异口同声:“吃!”心想着平时在北京一年也不吃一次年糕的。

不一会儿，婆婆走出来喊我们:“快些，快些，孥掉就不好吃了呀!”我猜是凉的意思。

进屋之后，只见两碗热腾腾的空心菜烩年糕放在桌上，心里顿时软软的，好久没有人做早餐给我吃了呢！印象里的年糕都是北京传统的红枣年糕，第一次吃到咸香的年糕，还带有奶奶做的烩菜的味道。我们一口气吃了个精光，汤也通通喝掉。外婆却连碗也坚持不要我们洗，连声说着：“不要客气的呀！”

突然发现跑来一只小猫，跳到长凳上坐着。我慢慢走过去，先让它使劲闻闻我的手，等它不怕了，我轻轻坐在旁边，这时它竟慢慢地爬到我的腿上来，然后稳稳地靠着我。这一幕，我很熟悉，第一次开始喜欢上猫，就是在某年最寒冷的一个冬天，我走进一家毛线店，蹲下来看一只趴在小桌子上的花猫，它也跳到我的腿上来，稳稳地睡觉。

婆婆拍着它的头：“你倒不客气的呀！”我笑笑说没关系。想着下午就要走了，心里不敢沉浸在惆怅里，就去收拾行李了。婆婆走来硬塞给我好多小蜜橘在手里，我一时很责怪自己，为什么没多带点好吃的来呢，把能找出来的北方小吃都留下给外婆，她推了很久，我们还是悄悄地放下了。

婆婆留了很多电话号码给我们，有写在墙上的，有叔叔的，有涂在冰箱上的。

在一张小小的名片上，我看到了汤外婆的名字。

出了门，不回头，把自己赶快丢到人群里去。白天乌镇的小巷子里游客依然很多，声音嘈杂，把我从梦里叫醒，那时的我，梦里不知身是客。

我们走过同一条小巷，看到同一个月亮，打开同一扇窗，抱了同一只猫咪。

这样的相见，没有早一步，也没有晚一步。

我依然看到，婆婆坐在桌边，猫咪靠在她的身旁，桌上颜料淡淡的红。

这一刻，已是永恒，再来不来，重要吗？

后记

第一次旅行的体验，会给之后的旅行带来很重要的影响，你第一次体会了世界原来不是你想象的模样，旅行给你的每一道关卡你都顺利地通过了，带来了莫大的成就感之后，之后的旅行就会水到渠成了。

所以，睁开眼，站起身，迈出那一步，之后的事也许会比你想象的要简单很多。

这之后，旅行的执念变得一发而不可收拾，陆续又跑到了青海、云南、甘肃、西安、山西、上海、厦门、贵州、香港、澳门……每到一处，我都会发现一些我的小世界里从没出现过的人、事、物。

旅行中收获了无限的惊喜，同样也遇见了很多的困难和突发事件。当这些经历过去，我发现自己好像会明白一些原来不明白的事。

记得在云南的某个雪山脚下，又小又破的一栋太子庙，门前坐着一位头发凌乱的抽烟男子，酷似“太子”，身后是湛蓝天空，高耸入云的冰封雪山美得令人驻足不前，流连不愿走。可是男子头也不回，只顾翘着二郎腿默默抽烟，眼神甚是冷漠。

云南梅里，雪山脚下

这样的例子数不胜数，鼓浪屿的美丽小巷、青海湖的蓝色湖水、贵阳苗寨的小桥流水、西安的大雁塔、山西的平遥古城，哪一处不是美得令人出神？可是那些每天与这些美景在一起相处的人，早已不屑眼前的景色。就像我住在北京，根本不会想着去天安门和故宫这样的地方，然而这些地方是多少人心心念念一辈子要来一次的地方呢？

每次想起这些被忽略的地方，我的敬畏之心又会重新苏醒，想起一期一会，想起获得与失去，想起那些成长的代价。当我从这些地方离开，回到家时，我知道自己不再是一个小孩子了。

旅行同伴：

微，天蝎女子。兰州人。及腰长发，黑色。坚强。一起打球、游泳、喝酒、吃饭、唱歌、做SPA。喜欢极致，7天不吃饭1天吃7顿。喜欢抽浓重的烟，痴情种。笑容温暖，文字有力。总是不在一处长期生存，每次问询都在不同的城市，行踪成谜。勇敢又脆弱，她最爱的人都已经不在。我们几乎一年能见一次，总是在最脆弱无力时发短信问说，微，你还在么。她总是回，在，一直都在。

台湾，真实的力量

台湾，和我想象的有点不一样呢！这里充满了春风拂面的温暖，像待放的花苞，也像温柔的流水，你坐在河边，心里会浮现一副笑脸，对你说：“回家吧，晚餐是我做的卤肉饭。”

小时候对台湾的印象都来自于流行歌曲和琼瑶剧，觉得这个小岛上的人们每天歌舞升平，个个都是明星，人人都是大款。每天看海，吃海鲜，生活不亦乐乎，不过，我只猜对了一半。

去年有机会到台湾待了十几天，不自觉地爱上了这里的人、事、物。

台北西门町

台湾很小，这个我知道。但是我没想到，竟然这么小。简单地说，基本用两个小时左右，全岛任何地方都能够到达。

下飞机的时候是晚上，刚好赶上下雨，11 月的台湾已入秋，早晚已经很凉了，我们借住在一位“台妹”（土生土长的台湾姑娘）的家里。第一次见到 Twiggy 是她来接机，短发，个子很小，见到我们就开始尖叫，非常热情，一开口我就感觉自己掉进了台剧的拍摄现场，很多“了啦”尾音出来。

她请男朋友来机场接我们，他开了一辆奔驰来，却是一样谦逊有礼，温和又温暖。我当时心想，果然人人都是大款啊！

来到她家楼下，这是一栋旧式的五层公寓，门口停着很多辆摩托车，楼道非常狭窄，空气中飘着潮湿的味道。一进门，是一个两室一厅的小户型，里面的装修非常简单陈旧，很像 20 世纪 80 年代的感觉。

一眼就看到她的室友在餐桌边啃卤味，喝啤酒，看电视。她的室友是一位利落的台南姑娘，同样短发，同样谦逊有礼。Twiggy 的男朋友放下我们的行李就告辞了。

我们来到 Twiggy 的小房间里，大约 15 平方米左右，我立即和同伴使了个眼色：“咱们这样是不是太打扰人家了？”同伴是个典型的粗线条：“没事，她人很好，不会介意的，再说咱们就住两天。”现在已经接近半夜，我也只好作罢：“好吧，那快把礼物拿出来，然后明晚请她们出去吃饭。”

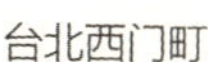

台北西门町

我们带了家乡的特产来，Twiggy 又开始高分贝

地表达她的惊喜，让我觉得这个姑娘真是一惊一乍的，在我们看来平淡无奇的事，在她那里却要用十二分的力气来赞叹。无论我们拿了多小的东西出来，她都会由衷地表达喜爱和惊奇。

接下来在台北的几天里，她热心又细心地做导游，衣食住行一一给我们建议和注意事项，处处都是小温暖和小贴心。在台湾的十几天中，她接机、接风大餐、陪同导游、提供温暖的住宿、旅行建议、送行大餐、伴手礼，到最后的送行，一路真真正正地做到了无微不至。

鹿港小镇

我们为什么会来到这个地方，真的只是一个闪念而已。这个出现在流行歌曲里的美丽小镇，还有红遍大街小巷的连锁餐厅以它为名，应该有美不胜收的风景和永远吃不腻的卤肉饭才对啊！

这是从台北出来后的第一站。我以为在现代城市，应该不会出现什么不方便的事，所有城市都应该有打不完的出租车、吃不完的快餐厅，可鹿港小镇是个例外。

如此销魂的卤肉饭，不吃三碗怎么行

鹿港小镇的刨冰，实实在在，
就像当地人一样

中午下了长途车，太阳很刺眼，路边点了一碗芋圆刨冰解暑，满满当当的一大碗才只台币 20 元。

从台北出来后，这里的建筑就显得很陈旧了，我和同伴急于寻找出租车带我们去落脚的民宿，可是问了一路都说这里没有出租车。我们边走边问，无法接受一个城市里没有出租车的事实。

于是，我们准备坐公交车，走了快 20 分钟终于到了公交站后，被告知一般半个小时一辆车，还不是直达路线。此时的心情像被烤糊了的红薯，表面已经焦了，但是内里还没有熟。

后来等了许久之后，公交车终于姗姗来迟。当公交车越开越偏僻，周围的景色从小平房变成了一片杂草和小河时，我们的目的地就到了。但这还不是终点，我们还需要再走一千米，穿过一条步行街，再走过几户田地人家才能抵达民宿。

自己选的，含泪也要到达。这间民宿真的像照片里那样有趣和华丽，门口摆着变形金刚，屋里到处是 20 世纪 80 年代的人偶和老式海报照片，后院甚至有一片草地和篮球场。这里真的是平凡乡下凭空建起的一处乌托邦。老板很和气，告诉我们这里有出租车，但是需要电话预约，提前一天订好。

傍晚，我们去市集寻找好吃的的时候，有个大叔一边抽着烟，一边问我们：

“你们从哪里来？”

“从北京来。”

“到这里干什么？”

“来玩啊。”

“玩？这有什么好玩的？”

“鹿港小镇很有名啊……”

大叔把烟熄掉，一脸鄙夷：“怎么会来这里玩啊？！这里什么都没有啊！”

……

于是，这个准备停留两天的行程缩短为一天。我们看惯了花花世界，这样朴素的生活也只能偶尔为之。

鹿港小镇啊鹿港小镇，你只存在于诗里，只存在于远方，到了眼前时只剩苟且。

高雄

高雄可以说是另一个台北。人们都说台南的民风比台北要朴素一

高雄菜市场

些，不过从鹿港离开的时候，一位大婶开车送我们去的火车站。

“你们接下来要去哪里哦？”

“去高雄，台南好玩吗？”

“哦，高雄哦，那里不错，好吃的很多咧；不过呢，那里就比我们这边彪悍很多，看到你们大陆人就没有那么客气了哦！”

“额……真的吗？”

“你们就低调些就好啦！”

聊到这里，我们不禁倒吸一口凉气，这位大婶还真是心直口快，给接下来的行程加了一丝紧张气氛。

但全程走下来，高雄一样是悠闲可爱的城市，没有大婶描绘的可怖人心。倒是多了很多好吃的东西——比如咸粥。

垦丁

到达垦丁的时候已经是晚上 9 点多了，那时候的步行街正是人声鼎沸的热闹时间，各色小吃正被热气腾腾地端上桌来。这里是非常集中的商业区，空气里有着令人烦躁的热度。

在垦丁待了几天之后，和同伴租了电动自行车，准备骑车去海边吹吹海风。

租车的老板是个可爱的胖子，皮肤黝黑，说话台湾腔很重。

我看他们的摩托车锁也不锁，就这样摆在路上一大排。

“已经这么晚了，你们不把车子收起来吗？”

“为什么要收起来？”

“不怕晚上会有小偷吗？”

“哦，不会的啦，我们这里不会的啦！”胖哥笑着说，一副我实在是想太多的表情。

来台湾当然要吃海鲜，新鲜又便宜，路边小酌就很有情趣了

这使我忽然想起来小时候奶奶家的美丽小院子，一家人坐在院子里吃饭喝茶，也总是把桌椅板凳就那样放在外面，没人想起来要把东西收回家里去。晚上睡觉的时候也是门一关就好，不知从何时起，小院子没有了，楼房一栋一栋地盖起来，防盗门装起来了，自行车也要上几道锁才算安心。

后记

在台湾的最后一晚，关了灯，三个人都睡不着，索性开始聊天了。

“你们玩得怎么样哦？”

“一路都非常好，幸好有你。”

“哪有啦，我很羡慕你们呢，可以有假期哦！”

“你也可以休假吧？”

“是啦，不过我想去上研究所（同我们说的考研）呢，准备要学英语了，没有那么多时间了呢！”

“加油啊！”

“会啦，希望上完研究所可以找份薪水高点的工作呢！”

“台湾的工资水平不是很高吗？”

“哪有啦，台币 3 万块就算很不错的啦！”

“真的吗？我以为很高呢？”

“是喔，我们不是台北的小孩，是要辛苦一些呢！”

“你没问题的啦！”我们也开始学她的口气了。

“哈哈，讨厌啦，不要学我讲话啦！”

“你的梦想是什么？”

“我哦，要是可以开一间自己喜欢的咖啡馆就好啦！”

“哈哈，和我一样啊！”

远眺花莲海岸线

无论相隔多远，台湾的亲切和温暖给我很大的感慨，Twiggy的谦卑有礼、温和体贴，让我看到了一位传统的中华子孙应该有的样子。本来在心境上对台湾的疏远，经过了这次旅行，却拉近了很多。他们有着中国人典型的儒雅作风，有我们过去的影子，也有我们未来的写照。

旅行同伴：

我的太阳，狮子女，天津、北京、江苏三地混血。长发及腰，黑色。有气场，有磁场，倔强。养美丽猫咪一只。Rocker，喜欢点儿5，喜欢书，喜欢调戏男人、女人、外星人。喜欢一切美食，带我吃遍京城中餐、西餐、清真餐。不相信婚姻，不相信永远，爱一个人8年不变，以后也不打算变。5年前的12月31日，我们在咖啡馆偶遇，之后隔几个月见一次面。和我吃串儿喝啤酒，聊工作、生活、星座、塔罗、占卜、男人、女人、外星人。每次见面恰到好处，或者发掘一个离家很近的餐馆，或者发掘某处海景套房便宜又漂亮，直接携手第二天坐火车前去看海，一起裹着被子坐在零下10摄氏度的阳台喝哈啤看海边星空多明亮。之后总是带着一箱啤酒，或者从其他什么地方得来的好东西都要拿去送给她，几个月前从贵阳回来送她一只千足银手工打造的发簪，配她美丽的长头发。直到去年，我的小宇宙在风中彻底凌乱，天天带着肘子、鸡腿、奶酪、啤酒、红酒、小米酒去找她喝酒。她仁爱慈祥、淡定温暖，我唯一愿意撒娇的人就是她。很多事，讲你知，你未必知，但有故事的人，自然听懂心底的歌。只是那烦恼纷纷扰扰无边无际，太阳有时也会凌乱。寒冬某晚，在约定地点接我回家，提前电话说太阳快点出来，开暖风，我冷。见她早早等在路边，上了车，只问我还冷不冷。却看到她眼睛红红一片，原来在父母家里号啕3小时，我无语凝噎。太阳还劝我说，多哭哭还不错，你也哭吧，我说我的档期都排得好好的，什么时候哭都有准点，到时候自然来找你就是。她还是回家打开草莓气泡大香槟，依然一饮而下，碰杯说着：为冬天。新年礼物我送她我的大红棉外套，她送我她家的钥匙。

第一次出国

游历了国内的大小城市后，准备第一次独自出国旅行的我，是一个蓄势待发的青年，世界是令人兴奋的。

之前在国内旅行，食物的口味、风景和人都是相似的，也很熟悉，即使有些许不一样，但都是同一个国度，有很大的亲切感和安全感，旅行起来非常顺畅。而这一次出国旅行使我真正地明白了不同的人、事、物时时刻刻都在同一个世界发生着，打破了我很多固有的观念。

出国旅行与在国内旅行有很大的不同。食物、风景、气候、语言都不一样，带来巨大陌生感的同时，也很新鲜刺激。第一次出国旅行，去了日本。因为有个很好的朋友孙桑在日本留学，所以签证办起来很容易，这趟旅行也就顺理成章了。那时候刚刚上班几年，没什么积蓄，但还是出发去了。朋友问我会不会太冲动，就随便买好了机票？想起有一次和孙桑聊天时说："你去日本这么多年，总是抱怨这抱怨那，青春也耽误过去了，但若能够重新开始，你还会这样选择吗？"孙桑毫不迟疑："当然了，人不就活这一次嘛。"

东京

1 月份的东京还是很冷的。晚上 11 点半进了孙桑家小小的 loft，干净得出奇。这是非常典型的东京公寓的模样，从外面进来，登上两层楼的阶梯，面对着一条长长的走廊，外侧是护栏和街道。一层一共有四五户，孙桑开了第二户的门，里面传来"回来啦"的声音。

楼下是一层开间，进门处连着厨房，把鞋放好，光脚踩上了仅存一丝温暖的榻榻米，孙桑的家有透骨的寒气，大概十几平方米的样子，透过细窄的楼梯上去是一个双人床铺。为了节省空间，屋里的所有家电都是迷你型号，迷你冰箱、迷你电视、迷你茶几，仿佛来到了小人

孙桑家小小的 loft，干净得出奇

国。日本的冬天是没有暖气的，所以大家都开空调，但是我的鼻子依然很凉，那凉气挂在身上，却又不至于感冒，很是考验人，让人不知所措。

感谢孙桑的室友陈阿大为我接风做的晚餐，一桌横菜：红烧肉、土豆炖牛肉、韭黄炒鸡蛋，还有一大锅海鲜味增汤。在异国他乡能吃到一顿饱含暖意的中餐，是会让人眼圈泛红的。

孙桑住在东京的郊区千叶，这里离海很近，能感觉到四周被海包围着，天空中有大片的白色云彩，只有水气足够多的地方才能积攒成棉花糖一样的云；其次是海风，带着湿润的凉气一直吹在我的脸上，很是清凉过瘾。

在日本的这一路有个O型双鱼座同行，让我们的旅程变得非常悠闲而随意。

一路上坐了电车换地铁，见到形形色色的人，都是内敛而谨小慎微的，安静之余还默默观察周围人的一举一动，让人感觉到日本真是

每次坐日本电车都觉得这个世界安静了

涩谷干净曲折的小路让人着迷

个小心翼翼充满着隐忍的民族，不随意吐露自己的心声，所有的百转千回都在蠢蠢欲动中消融。相比之下，内敛的我反而变成了一个活泼不知愁滋味的家伙，看上去非常二。

我们从东京出发，停驻在名古屋、京都、大阪，然后返程，很幸运地都遇到了晴天，也刚好顺势把伞落在不知哪一站的地铁里。其实不知道为什么，有孙桑的照顾，我第一次头脑空白地展开一次旅行，用不慌不忙的心情。

涩谷干净曲折的小路让人着迷，一条窄窄的上坡总是能吸引着我走上去看看究竟，不过通常带来的是迷路和问路，那些随意走过的行人不知又有谁会为我们的迷惑留住几分热忱和友好。大城市的样貌仿佛都是一样的，高楼林立，到处是大型户外广告，交通繁忙，人们走路的速度一个赛过一个。走上过街天桥的时候，看到护栏上有一个手绘的猫面具正太酱，他应该不会想到有天会被某某拍下来写在他自己的心情里。谁应了谁的劫，谁又成了谁的执念？

东京停留的几站分别是筑地市场、银座、涉谷、原宿和浅草，没去秋叶原和六本目。我是一个贪吃鬼和小店狂人，喜欢往本地人多的地方钻，不怕破旧和简陋，这地方还不能是年轻人都去的，而是要上一些年纪的人的小店。

在浅草发现了一家草编和木艺店，如获至宝。我一瞬间就被这家小店迷住了，想要把一针一线都看到眼里。小时候并不明白艺术品的意义，那些所谓的“艺术”都是心血和时间累积而成的，灌注了作者的心意和天赋。它们原地不动，看过一个地方的时光变换，对生活的坚持被留了下来，它们要上前去保留住那些最珍贵的记忆，虽然感觉早已不在，但它们所站的原点没有变过。

日本的居酒屋也是我喜欢的地方，通常是一家人开的家族店，祖孙齐上阵。相对而言，那里的人们友好热情，偶尔谈笑风生。经过酒精的掩护，他们才敢透露一点自己的真性情，服务的老板娘们也不用一直赔笑脸，碰到不喜欢的客人，也可以冷言冷语相对，做自己的时刻应该是最快乐的。

在浅草的居酒屋里，碰见了会说一点点英语的大叔，很豪气地告诉我们什么东西好吃，总之是日语、英语、中文混搭着把餐点齐了。魔芋和牛肚味道很厚但是不咸腻，生啤酒也够爽口。只有说“干杯”的时候，和大叔能同步了解这句话的含义。日本点餐前都是先点酒，第一时间把酒点好后，再慢慢点菜，一道一道，渐入佳境。

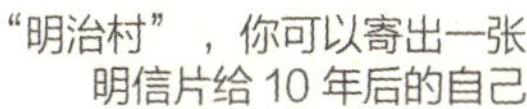

“明治村”，你可以寄出一张明信片给 10 年后的自己

日本真的是一个“综合”的民族，菜品很有亚洲风味，不过基本菜色都会加上色拉和番茄酱变成西式口感，吃来吃去就是不够纯粹，只有在吃寿司喝清酒的时刻，才觉得总算有点自己的主心骨了。

名古屋

我们在名古屋停留的时间不长，只在一处叫“明治村”的仿古村庄里转悠了一天。此行的初衷是因为这个村庄有一项业务，客人可以寄出一张明信片给 10 年后的自己。奈何我们到达的时候发现此项业务

汤头超级浓郁的豚骨拉面

范围只在日本境内，彼时彼刻人面早已不知何处去，只好作罢。

现在回想起来，真是悠闲的一个下午，因为我们也无处可去，回程的 bus 要下午 3 点才来，这些时间好像免费得到的礼物一般，可以悠闲地逛逛，可惜冬天的樱花树只剩光洁的躯干了。

快走出园子的时候，看到一群人在玩游戏，竟然是北京天桥下的传统技艺——抖空竹、踩高跷和甩陀螺。谁能想到，我一个北京人，竟然在日本第一次玩并学会了抖空竹，一位可爱的欧吉桑耐心地教会我空竹，可惜我的平衡感不够好，还是没有学会高跷。在我心里有个小小的私心，觉得无论如何也应该回家去学高跷。不能让自己完全地折服于外人手里，现在想想，是自己狭隘了。

我们语言不通，通过表情符号、肢体语言，最后用微笑来表示友好，还是可以达成沟通和理解的。在这个无论做什么都会有人唱反调的时代里，我们缺少的只是怡然自得的勇气。

在日本吃到的第一碗拉面是最普通的豚骨拉面，汤头浓到像在喝猪脚汤，胶质很多，味道够重。日本的面店很有意思，在店门口有个自动贩售机，选好面的种类然后按照提示付款，店家就自动开始做了，进去后等着吃就好。夜凉如水，这时候喝一碗热汤非常棒。不用过多的言语，只一句“谢谢招待”，就可以起身离开。我还依稀记得在日本最后的几日回孙桑家去，到门口一句“他大姨妈”，然后一句“哦开一哩”，不咸不淡的日子其实也非常美好温暖。

在名古屋形成了一个小习惯，每当天刚刚擦黑的时候，我会跑到便利店去买一个乳酸菌饮料做夜宵，另外买一个饭团作为第二天的早餐。梅子饭团是我的最爱，酸得清醒又不烧胃，果然如它包装上写的一样，是“通往爱情的道路”。

告别了名古屋，坐上通往京都的列车，天也放晴了。看到车道边每个别墅公寓前一亩亩的田地，孙桑说这都是政府分给当地居民的，地里种了各式蔬菜和花果，看上去惬意极了。一路上因为人少安静空气清爽，我整个人的心情除了平和还是平和。

偶遇的路边神社

京都

京都曾经是日本的京城古都，是日本天皇的居住地，属于文化和政治中心，德川家康占据江户（江户就是现在的东京），势力扩张，武将握有军权，天皇是傀儡，天下易主，大势东移，经济发展，东京才日渐繁荣起来。

京都没有高楼大厦，这里充满了文艺青年，寺庙神社遍地皆是，街上随处可见抹茶，还有身怀绝技的艺妓。

秋天大概是代表日本气质的季节了

在京都遇见的第一个路边神社非常可爱，孙桑说她是一个女生，因为牌子上写了“姬”的字样。我向这位女生神仙许了一个小小的愿望，就是但愿我们别再迷路，赶快找到我们要去租自行车的地方。告别了她，谁知转角就是我们要找的店了，真是在家靠父母，在外靠神明啊！葛大爷见庙烧香这一招总是不会错的。人许愿的目的本来就是让自己的欲望得到满足，记得曾经看到过一棵巨大的许愿树，那上面挂满了密密麻麻的愿望，我突然明白了，这不是愿望，这些其实是求不得的苦恼，压得这棵古树直不起腰来。

我们调皮又随心所欲地旅行，使得我们完成所有游玩计划时已经很晚了，所以没什么停留的时间，反倒是看了很多类似的街景。除了小酒馆和杂货铺有一些色彩之外，日本几乎所有的公寓和办公大楼都是灰色的，你会感觉这座城市都在沉默中度过，只偶尔掠过一丝波澜。

我们到达平安神宫的时候已经接近傍晚了，进去只有十分钟左右，匆匆抽了签，便被友好地“轰”了出来。

我现在还清晰地记得抽中的签：中吉。解签便交给专业人士，孙桑“华丽丽”地翻译如下：人生中出现的两件事中挑选一件并把它做好就可以了。

说得很好，做起来很难。人总是在选择中困惑，选择了左边也舍不得右边。取舍是最难的事，没人想失去什么，不过我会记住，一个人一辈子做好一件事，就是功德圆满了。

在京都过的除夕，心里默念亲爱的们，新年快乐。

京都再见，启程去大阪吧！

大阪

要说全程我最喜欢哪里的人，那就是大阪人了。我以为我的热情无处宣泄，没想到大阪居酒屋里的店家欢乐异常，不仅和我们谈笑风生，更为我们耐心地画地图指路，还问起我们的行程，和之前内敛不

华灯初上的街道

善言谈的日本人截然相反。要不是得去赶返程的公交车，我非要在店里聊到深夜不可。

我感叹所谓的“大城市”里的人，是不是被浮夸和虚荣俘虏了？那些看上去华丽的外表，内里是加倍的破败。而这些在城里人眼里的乡下人，被人们定义为贫穷的人，却活得自得其乐。他们不用小心翼翼，不用跟随最新时尚，不用谄媚 superstar，无需为别人眼里的时髦买单，这样一来，那么谁是富有，谁又贫穷？甲之熊掌，乙之砒霜罢了。没有哪一条路是对的，哪一条路是错的，还是各人为各人的路做评断吧！活出自己的人生就好。

在大阪城碰到很多长跑的学生，一路寒风之下，我看到身边的大中小学生光腿穿着一条白色袜子，觉得自己更冷了。很想给他们递上一条裤子，不过这都是民族意愿，对自己国家未来一代的锻炼，只是觉得人有时候确实要对自己狠一点。

在大阪还发现了一直心心念念着的海鲜丼，我一向是重口味拥护者，在里面加了很多芥末酱油。可以接受生鲜食品的朋友有福了，除

最有“嚼劲”的魔芋

了鲜还是鲜。

就在这个店里，还有一项大胃王的比赛：3 斤米加 1 斤海鲜，还有 4 斤果汁，在 15 分钟之内吃完即可免费，否则需付全款 3980 円。我看到胜利者的照片贴了满墙，其中还不乏纤细瘦弱的女生，便在一旁蠢蠢欲动，几欲挑战一番，却被孙桑无情地阻止了。现在想想，我真要是参加挑战的话，扶墙也不一定出得了门。

大阪相比之下没有东京的繁华绚丽，没有京都的古香古色，看上去破旧不堪，孙桑还说起唯一对大阪的印象是柯南里的服部平次，被笑乡下人，有很土的大阪口音，我立时顿悟。

后记

日本确实像四季中冰冷的冬天，像落在樱花上的雪，干净又触不可及，只能用耐心和崇敬，待这雪慢慢融化，才能看清它本来的容貌。

总是时不时地想起迪士尼里那些色彩绚丽的城堡，到处都是美好和欢声笑语，那里没有哭泣和失落，唯一的恐怖就是鬼屋，不过也被随之而来的游行队伍淹没了。

我在想，在迪士尼工作是什么样的人生？每个人脸上时时刻刻都洋溢着有感染力的笑，过着梦幻般的生活，每天沉浸在一个童话人物的角色里，忘记人间的烦恼，让快乐的力量充满全身。然后卸妆回家，

东京地铁站出口的鲜花小摊

对着一个丑陋不堪的世界。你瞧，我又变得负面了，其实，快乐与否，都在自己。出发前朋友在向我抱怨的事，回来之后还是没有解决，台词都没有变过，开心确实是一种选择。不管在什么样的角色里生活，都要振作起来，不要灰心啊，我的朋友。

在日本短短不到 10 天里，走过了关东关西，感受有穿透力的海风湿气。淋雨在东京，悠闲在名古屋，骑行京都，迷失大阪城，奔走迪士尼。可是，就在我全力想掌握所有景色的时候，我发现我看了一眼左边，我就必定看不到右边。

世事虽然难料，但是那签说得很好，两件事选一件做好就可以了。鱼和熊掌向来不可兼得。孙桑说，人的心，深不可测，你不去试试看，你都不知道原来自己可以做成那么多事。

在北京下飞机的时候已经是晚上了，看到到处绽放的烟火，心里熨帖地想，回家真好。

现在回到现实世界来了，再回想起在东京孙桑送行时地铁里绽放的美丽花朵，这些色彩如果能抚慰人间的寂寞，那也是这些花被包装上阵，能有的最好归宿了吧！

“太阳落下去了，一会儿群星就要向我闪耀，如果你也在那儿，该有多好啊。”——歌德。

小孩子在外面玩的时候总是要大人们呼喊才知道要回家，长大后，明白无论去到多远的地方，我都会回到你的身边，亲爱的。这毕竟只是一个小小的世界。

旅行同伴：

孙桑，双鱼，内蒙古人，却不是草原上的姑娘，也没有花一般的名字。喜欢电影，喜欢旅行，喜欢幻想，喜欢炸酱面，不喜欢一切磨叽。无限害羞，总是顾左右而言他。喜欢听她的笑话，我讲的乐事，她也总是能尽情开怀。去年留学日本，打电话回来，聊几个小时，听她讲如何与室友为了省钱穿着一样的衣服一样的鞋子，像大疯子似的走在路上。还有一辆残破的自行车，丢了又来，来了又坏。中餐馆打工，胖了两圈，晚餐是一碗炒饭一碗炒面。语言不通，专业很瞎，临走时我问她，你留学是为了“神马”，她说她也没咋想，先去再说吧！走 3 个小时的路去海边，给我打电话偏偏没有接到。前几天我去海边，一定要她打电话来听海风的声音。月底要回来了，到北京转机，通宵节目已经安排好，静待她回家。

泰国，有信仰的生活

在泰国待了一个月，这段经历，改变了我的人生。从曼谷到清迈，再到丽贝岛，泰中、泰北、泰南都走了一遍。每个城市都不一样，城市的喧闹，乡村的娴静，海边的神秘……让我看到了不一样的人生，每一种都有各自的精彩。

如果有机会，每个人都应该去泰国走走，感受一下宗教国度的力量。世人皆为血肉之躯，无法谈及人生大爱。我们只有那一点点的私心小爱。走在路上的时候，风景不同，人也不同，想事情会变一个角度。

那些单身的日子里，走在异地的每一寸土地上，都在思念着另外一个人，然而我连那人是什么模样都不知道，却总是不自觉地去想象有一天是否会从一个人变成两个人。

爱是什么？爱是责任与陪伴，爱是漫长的诉说，爱是不断扩展自身的边界，依然允许对方是一个独立的个体，只存在心里的爱不是爱，爱是行动。

北京的宗教气氛并不浓烈，雍和宫和八大处也基本都是长辈去得比较多，年轻人相对较少。这样的朝拜大多是仪式性的，初一十五烧香拜佛，平日里念叨得不多，好像只有在求财求子求姻缘的时候，才会想起佛祖来，剩下的时间，佛祖在心境上离普通人很远。

走在泰国，会感觉佛祖离我们很近。不只在大皇宫里，就在一茶一饭之间，他并不多神圣，人们也不会指望他有求必应，毕竟人的路自己走，一切因果自己造，怪不得别人。

在泰国的时间，一切都变得很安静。放下俗世的那些执念，暂时忘却自己的欲望和贪心，只单纯地看看风景，喝杯茶。

每次旅行，都让我看到、感受到了从未经历过的事，不断突破我的意识边界，让我变得不固执，发现更有趣的世界，这也是我爱上旅行的理由。

互联网打破了时间与空间的界限，让人们有一种时刻相连的感觉。走在真实的道路上，反而觉得离人、事、物都很远。

可是人生种种，总是不能穷尽，我们不遗余力地希望物尽其用，希望走过完整的旅途。这也是之前的旅途中我一直都提到的，要学会舍弃，然后从中获得。我舍弃某一家店，获得在另一家店更长的浏览时间；舍弃某一种食物，让另一种食物的味道在口中余味不绝。

这也是为什么我会在某个特别安静、特别喜爱的地方，放下手中

如果你有烦恼，就去看海吧，一切都会随风而逝

的相机，用心感受。即使我多想留下那些美好的瞬间，但是我明白，感受只会存在记忆中，它不在照片里。照片里记录的是某个珍贵的画面，这些时刻凝固下来，变成某个反复回味的场景，留给他人或自己去想象。

忽然间重担落下一般，亲爱的，回头想想你走过的一路，记得问问自己："你快乐吗？"

我突然有一个瞬间不再需要任意门，它可以略去我很多的麻烦，但同时剥夺了我无比的乐趣。这个世界的磨难，忽然间变得充满意义。

当思想已经无法实现更多意义时，就需要行动起来，不要原地等待。

旅行同伴：

师傅大人，双子。总是在老时间老地点聚会。喜欢石锅拌饭，喜欢麻辣香锅，喜欢重口味。双子做你的朋友，你的微博、twitter、"非死不可"、百度、谷歌神马的就歇了吧，国际国内新闻都可以在第一时

泰国曼谷，大皇宫

泰国最常见的交通工具“嘟嘟车”

间知晓。2015 年的第一场雪，比 2014 年来得晚了一些，也短了一些，大概只下了两分钟左右，也是她老人家第一时间告知的。毒舌派，手里总是有大把的乐事说给我听。即使凌乱的时候，也只是给我打电话骂街骂老板骂同事，然后再说笑话把自己逗笑。和我相比却规矩很多，很是让我做自己，我任性隔了一个星期要去烫头发要去买衣服然后又要剪头发，总是说你喜欢就好，然后烫毁之后听我哭诉，骂我傻瓜。只要和她一起，你就会看到，世界上有那么一种人，总是欢乐带给别人，悲伤留给自己。

出发吧

人生的界限很多，这些界限比我们想象得要简单，也困难得多。

小时候我从不吃香菜，后来有一次和朋友们吃火锅偶尔尝了一下，竟然也没有我想象得那么可怕，而且味道还不错，有时候突破就是这

你固执的心如果不松动，不喜欢改变路线，不愿意换换口味，谁又能改变你呢

么简单。但是也有一次，我劝一位朋友尝尝她从没吃过的海胆，她无论如何也不肯吃，任我把这香甜的美味形容得多么可口，她的态度都是拒绝。还有那些在异国他乡坚持吃中餐的亲们，以前我以为可以劝动他们，后来发现只能自己主动地去愿意尝试，去打开自己，别人没有打开你心门的钥匙。

旅行会打破你多年来在固定地域建立起来的三观，比如甜粽和肉粽的区别；比如应该行人礼让机动车还是机动车礼让行人；比如看电影要不要起立先唱歌；比如一般的街道上是没有垃圾箱的，同时垃圾是要分类的；比如夜不闭户是真实存在某一城市的；比如一夫多妻或者一妻多夫的制度……

当你的心接受了世界的多样性，人的个体差异，这样的宽容，不正是我们苦苦追寻的"更好的自己"吗？

旅行也许没有我们想得那样复杂，它就像出门去打个酱油，像给心爱的人发一条信息，像穿一套不同颜色的套装，像下班时换一条路回家，像吃一顿没吃过的风味大餐。

夜晚过去，会再有日出，但你相比于昨天，又有什么不同呢?

现在我明白了，心比你的步伐更难被说服，我们只需要迈出一小步，就可以遇见一些不同的风景，发现一些有趣的人，离那些未知的世界更进一步。但是你固执的心如果不松动，不喜欢改变路线，不愿意换换口味，谁又能改变你呢?

那些走进我生活又走出我生命的人，你们的故事我都细细聆听，一刻也没有忘记。只愿在这冰冷的世界同行不知疲倦。这一年既然过去了，那就向前看，还有更多美景在前方等待。我还是很多变化很多不变，不喜欢等待，不喜欢模糊。习惯性地把人宠坏，喜欢绝对炽热，喜欢疯狂，喜欢唯一，喜欢真实，喜欢任性，喜欢固执，并将一直勇敢。

坦桑尼亚
在云和山的彼端

蓦然白 & 云在青天

典型天秤座 | 读书狂 | 爱哭鬼 | 中华曲库 | 不能接受一切丑的东西 | 怕冷喵星人

蓦然白，网名蓦然白里小三黑、蓦然白。旅行作家，著有《爱情海，太阳总在左边》，《环球人文地理》《云端》《旅游新报》《旅行家》等杂志长期供稿人，蚂蜂窝、穷游、携程首页作者，500px.me、图虫网等网站明星博主。知名摄影师，擅长拍摄风光、人文、生态、旅行题材以及手机摄影，摄影作品曾获得多项国内外大奖。GettyImages、CFP 图片库、携程旅行签约摄影师，佳能、SONY 合作摄影师，中央人民广播电台做客嘉宾、北京电视台纪录片《摄影人》主要嘉宾，坦桑尼亚旅游局、澳大利亚旅游局、塞舌尔旅游局合作旅行家。

云在青天，旅行作家，《环球人文地理》《旅游摄影》《云端》《地图》等杂志撰稿人；知名摄影师，擅长拍摄野生动物、风光、人文、旅行以及手机摄影，GettyImages、携程旅行签约摄影师，Follow Me 环球旅行计划受邀拍摄人，肯尼亚航空、澳大利亚旅游局、塞舌尔旅游局合作旅行家。

飞机穿过云层，清晨的第一缕阳光将我从梦中吵醒，阳光漫射开来，一切都变得那么柔和！机舱里忽然熙熙攘攘了起来：看，快看！我向窗外望去，一座洁白的山峰就在我的脚下，云雾飘渺之间若隐若现。啊，乞力马扎罗！我再一次回到了你的身边！

身边的 UnlceL 依然熟睡着，我没有吵醒他，独自回味着与乞力马扎罗的相遇。东非这片神奇的土地似乎和我有着神奇的不解之缘，一年前我来到肯尼亚，在这里遇见了 UnlceL，我们在乞力马扎罗的山脚下追逐光影，在马赛马拉大草原上感受狂野，直到后来在一次摄影比赛中双双获得了特等奖我才明白，原来一切在冥冥之中早已注定。那好吧，就让我们随风飘荡吧，让风带我们奔向自由的方向！让风把我们带到云和山的彼端——坦桑尼亚！

我还沉浸在回忆中，飞机已经降落在乞力马扎罗国际机场。走出舱门，清新的空气拂面而来，天边的云低垂着，仿佛触手可及。向导 Philemon 与司机 Fili 已经在机场外等候。Philemon 五十上下，身材微胖，一副忠厚老实的模样。他可是我查阅各个旅游网站，批阅若干篇游记后指定地接社选定的专业向导，据说他找动物非常专业，后来事实证明我们的决定是多么正确！Philemon 一见我就给了我一个大大的熊抱，看得出来他为我们特别选择了他做向导而骄傲！Fili 年轻很多，只是略显羞涩地冲着我们笑。一阵寒暄之后，我们上车开始向阿

忽然与你相遇

鲁沙进发。

国人多知肯尼亚的动物大迁徙，却甚少了解坦桑尼亚，这里其实是百万角马、斑马的老家，大迁徙时时刻刻都可能在这里发生。每年，百万角马循环迁徙于坦桑尼亚的塞伦盖蒂和肯尼亚的马赛马拉之间。这里是美国国家地理评选的“一生必去的50个地方”之一，是地球上的一片净土，是野生动物的乐园。塞伦盖蒂具有你能想象到以及想象不到的非洲全部浪漫元素，随着气候的不同，这里将展现万千变化的景观。只要你来了，这里的每一天都会有惊喜。

由于毗邻乞力马扎罗山，阿鲁沙国家公园、塔兰吉雷国家公园、马尼亚拉湖国家公园、恩戈罗恩戈罗保护区和塞伦盖蒂国家公园等都是坦桑尼亚的著名景点，阿鲁沙更是成为坦桑尼亚最重要的旅游枢纽，几乎所有前来坦桑尼亚北方线路的游客，都会在阿鲁沙市短暂停留。

穿过阿鲁沙市区，并没有感觉到像一些东非城市的喧嚣与杂乱，绿树成荫的街道甚至会让你感觉到优雅和静谧。我们找到了一家叫“中国龙”的中餐厅，在这里作最后的“补给”，接下来的日子里吃中餐是绝无可能了。也许是在异国他乡的缘故，觉得这顿饭味道特别好，可能人就是如此，只有在快失去的时候才觉得珍贵！天空更低沉了，远处传来隆隆的雷声，那是在召唤我们吧，召唤我们去向神的殿堂！

神的殿堂

在肯尼亚之行后，我对于非洲以及这里的生灵就产生了浓厚的兴趣，经常翻找关于非洲的纪录片来看。美国国家地理的纪录片《火烈鸟的故事》是一部关于火烈鸟生活周期的自然纪录片，片中那片仙境之湖与红色精灵深深地印在我的心中不能抹去。影片拍摄于坦桑尼亚北部的纳特龙湖，这片看似平静的水域却隐藏着一个致命的危险，因此纳特龙湖又被称为“地球冥湖”。

合张影不停加戏的两个人——纳特龙湖边偶遇马赛人

想去往纳特龙湖并非易事，从阿鲁沙到纳特龙湖大约 300 多千米，这段路虽不算远，但却十分崎岖难行。离开阿鲁沙不久柏油路面就消失了，车子在碎石路上颠簸着前行，扬起阵阵烟尘。从东非大裂谷走向纳特龙的路上，是我们一路上遇到马赛人最多、风景最干旱荒凉、气温最高的一段。那些村庄都很分散，村里的人要成群地赶着驴去很远的水源处取水。

太阳渐渐地落了下来，扬起的烟尘透过阳光散发

见天地，见自己，从此心不再漂泊

出金色的光芒，山坡上放牧的马赛人开始归来，金色的烟雾中，他们的身影若隐若现，仿佛缥缈在云端。一时间，我被这美景迷住了，忘记了颠簸与劳累，好像来到了另一个世界！

傍晚时分，我们停在路边稍事休息，向前望去，一座锥形的山峰在晚霞的映衬下矗立在那里。Philemon告诉我，这就是伦盖伊火山。伦盖伊是一座活火山，它的全名是奥·多利昂·伦盖伊，海拔2960米，孤零零地耸立在非洲坦桑尼亚北部荒原中。在马赛语中，“奥·多利昂·伦盖伊”是“神的殿堂”的意思，人们不定期地在这里举行祭祀和祈祷。这是我第一次和它如此近距离地接触，天边的红云映衬着它伟岸的身影，显得神秘而寂静，那锥形的山峰仿佛是通往神的殿堂的路标！

天色完全黑了下来，在一路漫长的荒凉与尘土之后，一片温暖的灯光映入眼帘，绿荫下，流水潺潺，和一路上的颠簸烟尘形成了鲜明的对比。这便是我们要入住的Natron Tented Camp。这里的条件比较艰苦，没水，没电，没网络，也没有手机信号，只有满天的星斗和万籁俱寂。而这与世隔绝的蛮荒之地却让你感受到内心的宁静，我们便和这黑暗融合在一起，静静地等待黎明的到来。

低飞、鸣叫、翱翔，就在这一刻读出了世外桃源的世界

化身火烈鸟，我不是我，我是它们的一员

炙热了千年的湖

黎明时分，帐篷外的鸟儿将我们唤醒，朝霞已经染红了整片天空。今天，我们要乘坐直升机航拍纳特龙湖，飞行员 Vincent 是阿鲁沙周边唯二的直升机飞行员，为人很严谨，是个比利时人。为了这次航拍，我们出发前三个月就预订了直升机，并支付了全款。来到简易的停机坪，直升机在朝霞的映衬下显得和周围蛮荒的环境格格不入，让人有穿越时空的感觉。Vincent 已经在做起飞前的准备了，为了拍摄的需要，我们拆掉了舱门，看着通透的机舱，心里不由得一阵阵发慌。

终于起飞了，大地往身后退去，马赛人居住的茅屋星罗棋布，一对长颈鹿迎着朝阳从丛林走向浅滩。向前方望去，湖水平静如镜，伦盖伊火山在蓝天白云的映衬下宛如一个仙女，它的身影倒影在湖中，河流汇入湖中和滩涂的色彩汇成斑斓的“抽象画”，不同的颜色、线条和图案幻化出五光十色的绚丽景象。一切像是用水彩颜料渲染过一样，河流流过浅滩，泛着金色的光芒，最终汇入那一望无际的蓝色中。

起飞时的紧张情绪已经消失无踪，我们完全陶醉在这环幕电影般的梦幻美景中，不停地按下快门。

当直升机飞入纳特龙湖深处时，整个世界突然安静了下来。牛奶一般的水面，平静到让人窒息，我倒吸一口气，心里想着这里一定住着仙女吧？我连呼吸都变得轻柔，生怕惊动了这里的神灵，纳特龙美而不妖，似乎有一种特有的气场，散发着灵性、神秘、古老特有的平静，与远处的伦盖伊火山遥相呼应。它们不用诉说，仿佛就有着非同一般的历史与故事，记录着千万年来的传说。

纳特龙湖藏着一个巨大的秘密，看似异常美丽的它，PH 值可高达 9 至 10.5，拥有“石化”的魔力，可以把任何靠近它的生物变成石像鬼！在希腊神话中，著名的蛇发女妖美杜莎拥有使人石化的能力，任何看到她颜面的人都会化为石头。而这种只可能在电影或游戏中出现的现象却在纳特龙湖真实上演——寻常动物触之即死，并且在湖水中钙化，形成了一座座“永恒的雕像”。这个凄凉又美丽的湖泊，也被科学家们称作“石化湖”。

我们的飞机在纳特龙湖上空盘旋着，远处水面 11 点钟方向，我依稀看到了一些小黑点，于是对 Vincent 说：“那儿是不是有火烈鸟？”Vincent 回答我：“Good eyes！”我们朝着火烈鸟的位置开去，当飞机靠近这片水域时，我整个人惊呆了，十万？不！是百万只火烈鸟在水面上，在半空中。如果你看过电影《群鸟》，震撼的场面比电影

从前从前，这里有着地球原来的模样

中还要多十倍，我兴奋地在直升机里大叫，“太酷了，太棒了，好多火烈鸟！好多好多！”Vincent 看到我如此兴奋，也跟着笑起来。

在一个遥远且被人遗忘的世外，还存在着大自然最后的伟大杰作，数百万有着红色翅膀的火烈鸟正展开双翼，它们飞行的姿态非常美丽，在这里经历着出生、成长和死亡的生命旅程。伦盖伊火山喷发的矿物质沉积在湖中，使湖水变成红色，而火烈鸟正是由于吃了这些矿物质，羽毛才会变成红色。可以说，这里是非洲火烈鸟的诞生地。在纳特龙湖及周边水域，共生活着 400 万只火烈鸟，因为独特的地质环境，纳特龙湖成为火烈鸟理想的繁殖场所，它们为了孕育下一代，历尽艰辛、

黄昏的烟火

万里迁移，生生不息，构成一幅幅震撼心灵的生命蓝图。我深深地被吸引了，所以我们的第一站便选择了传说中的“冥湖”——纳特龙湖，去感受红色翅膀的生命之美，去探寻蛮荒之地的神奇传说！

塞伦盖蒂的奥德赛

当微暖的和风再一次吹过我的面颊，我知道，我回到了东非草原。泥土青草混杂那生生不息的味道，动物皮毛的味儿混在尘埃中，火红的太阳在天边升起又落下……这是非洲稀树草原独有的气息，或许这

慵懒的独行者
——花豹

斑驳的漂泊的心
——猎豹

塞伦盖蒂清楚，可以听到那细微的撩动声

迷失在晚霞下的角马

也是爱的气息。

“地球上有一个地方，依旧朝气蓬勃，大群动物可以自由地奔跑。那个地方时间好像停顿，生生不息，成为大地上最大群野生动物最后的栖息地，这就是塞伦盖蒂大草原。”BBC 是这样形容塞伦盖蒂的。

祥和与杀戮在这片土地永远是相伴的，塞伦盖蒂在用另一种方式演绎了人类的世界。

杀戮，塞伦盖蒂的世界

在一大片金黄色的草地上，一眼望不到边，也望不到任何生命。这是我看到的。Philemon这时略显激动地说：“有狮子，不止一只。”Fili毫不犹豫地开向 Philemon 手指的地方，在我们的 11 点钟方向，可我依然没有看到任何动物，只看到金黄色的草在风中自由地摆动着。随着车越来越近，激动的心情油然而生，在非洲是非常考验人心脏的，总是在不经意间给你各种可能与惊喜。

眼前就这么突然地出现了五只威风凛凛的雄狮，悠然地在草中“聊天喝茶”，我们的出现并没有打扰它们的“茶话”，它们有的在瞭望远方，有的在搔着痒，在远处蓝天与白云的映衬下，让人浮想联翩。温暖的画面使我们忘记了狮子吼叫可以震慑四方几千米，忘记它们是这片土地的王。

一只王起身，开始四处张望。通过它的视线，我们看到在几千米外，有一些尘土扬起，接着另外几只王也随后起身。它们在朝有尘土的方向移动，步伐缓慢，时常停下来张望，毫无表情，从眼神中也无法读懂它们此刻的所想。Philemon 告诉我们，在尘土扬起的地方要捕猎了，雄狮是去助阵的。

狮子是唯一一种群居生活的猫科动物，在狮子的世界里，雄狮尽管身强体壮，但狮群的内部事务均是由雌狮决定的，而雄狮是负责定

王的后花园——塞伦盖蒂

期视察领地与繁衍后代。雌狮之间都是血亲关系，小雌狮出生之后，就和自己的母亲、姐妹生活在一起，终身也不分离。雌狮们通常由一头富有经验的雌狮率领，它决定着狮群何时狩猎、何时休息、何时迁徙、采取何种战斗策略。没有雌狮们的支持，雄狮的首领位置很难坐得长久。

一路尾随着雄狮们的脚步，我们穿过了一小片湿地。渐渐地，雄狮们加快了脚步，我们也不敢放松，气氛渐渐紧张起来。穿过这片湿地，是塞伦盖蒂的标准地貌稀树草原，草没有那么高，地表中黄色的土地暴露在外，角马、斑马、格兰特瞪羚在无序地奔跑着，一眼望去场面混乱。此刻我已经眼花缭乱，但可以强烈地感受到，动物们有些慌张，四处乱跑，毫无章法。

这时，Philemon的语气变得急促，告诉我们，要捕猎了。我迫不及待地问："哪边？"此刻，尘土飞扬得更加猛烈，看到几只雌狮在动物间奔跑着，瞬间我的大脑里浮现一个词，驱赶动物。它们是要准备围剿，可是它们锁定的目标到底是谁？它们的战术到底是怎么样的？

会有几只雌狮参与，又是如何分的？

雄狮们依然在不远处观望着这一切，毫无担心也无帮忙的意思。在尘土飞扬间，依稀又见到几只雌狮的身影，动物们跑动得更加猛烈，整个草原的气氛越发紧张。这时已经根本无心关心几只威风凛凛的雄狮的帅气。在草原混乱的场面下，我努力把自己化身为一只狮子，想揣测出它们的捕猎计划，UncleL 从相机 600 端让我朝着他的方向看，Philemon 也用手指向 UncleL 告诉我的地方。突然，Philemon 的声音提高了几个分贝，快拍快拍。声音落下的刹那，我看到一只雌狮在追赶一只角马，角马在尘土与动物间逃窜着，此刻才知道保命逃窜的真正意义。我一边想，一边拼命地按着快门，就像自己在用快门逃命一样。什么对焦、快门速度、构图此刻都已经抛在脑后。在 600 端的镜头中，我清晰地看到角马一个侧身，成功地躲过雌狮的追赶，但是这只雌狮好像也并未尽到全力。就在我还疑惑中，右前方 1 点钟方向，大概离我们的车有七八百米远的地方，一只雌狮已经在动物群中成功锁喉一只角马，Philemon 与 Fili 已经坐不住了，迫切地问:“拍到了吗？拍到了吗？”我脱口而出了一声“啊”，这时才意识到我拍的是另一只，原来这只雌狮在虚张声势，吸引其他动物的注意，真正捕猎目标的是刚刚一血锁喉的猎手！

如此直观面对现场捕猎，对于我而言还是第一次，置身于安全的车中的我，比动物还要慌乱不安、不知所措。一场杀戮在几秒钟就已经画上了句号，而我的心还在怦怦地乱跳，刚刚狮群的捕猎，算得上是塞伦盖蒂草原上捕猎的大场面。这场捕猎的胜利是属

它，与人类无差别。塞伦盖蒂是它们的家，这里不属于我们，属于动物

有家的伤患

光影跳动在时间里诉说着生命

于狮群的，我们在车上兴奋地讨论着刚刚发生的一切，对于专业向导与司机来说，尽管他们已经见识过太多这样的场面，也依然兴奋不已，但是在兴奋的同时，他们依然不忘继续观察狮群的一举一动。

Fili 此刻已经发动车子，继续往另一侧开去，Philemon 说可能还会有捕猎，狮群庞大，一只角马是无法满足它们的食物需求的。这时候，我们发现一只怀孕的雌狮，肚子已经非常大，走路也有些笨重，它身边还有一只与众不同的雌狮，比起成年的雌狮，它的身材略小，眼睛也不像其他雌狮圆润有神，弯成了月牙状，走路的姿态也不是那么轻盈，脖子上还带着一个项圈。Philemon 告诉我们，这只雌狮已经年迈，保护区是为了监控狮群的动向，更好地了解动物习性以及加以保护，在这只雌狮的颈部添加了监控器。

一只年迈老妇般的雌狮与一只正在孕育下一代的雌狮，在塞伦盖

夏花开谢，秋草又枯，千年一瞬尘与土

蒂的大草原上并肩走着，彼此时而端望远方，时而互相用头蹭着彼此的脸颊，它们浓缩了这片土地的繁衍与生命的交替。

塞伦盖蒂的午餐

在非洲观看动物有 5 种旅行方式，包括 Game Drive（驱车观赏动物）、Walking Safari（徒步观赏动物）、Boating Safari（乘船观赏动物）、Horse Riding Safari（骑马观赏动物）、Flying Safari（空中观赏动物）。

多数观看动物的旅行者都会选择 Game Drive。

塞伦盖蒂在马赛语中的意思是“无边的平原”，这里的辽阔超乎你的想象，是庞大动物群体得以安居的避难所，是地球上幸存下来的最后的伊甸园，是世界上最值得行走和驻足的地方。

我们每天早上驾车出发前，都会带好早餐及午餐，塞伦盖蒂的辽阔不容得我们中午回酒店享受午餐及下午茶，我们一天都会生活在车上，与这里的动物用另一种方式一起生活。这一天的午饭，我们吃得格外“非洲”。

午饭前，Philemon 发现一只猎豹，在肯尼亚之旅时，我就已经熟练地可以辨别出猎豹与花豹的区别，对于它们的基本习性已经有了一定的了解。猎豹是陆地上跑得最快的动物，它们不善于隐藏，靠飞一样的速度追上猎物。但猎豹的耐力很差，不能长时间奔跑，否则会窒息而死。只有猎豹在遇到危险或者即将捕猎时，才会站在略高的地方观察地形，而略高的位置也仅限于在土丘山包、比较矮的树枝上，不会如花豹一般基本每个下午都在舒服庇荫的树枝上睡午觉。

这是一片开阔的草原。它时而张望，时而向前行走，但是表情与姿态一直保持着一种随心所欲、闲逛的态度。不远处有几只汤姆逊瞪羚，看到猎豹走近，突然停下口中的草植，抬起头警惕地观望，就像我们警惕地观察猎豹的一举一动一样认真。猎豹这时毫不动声色，像一位翩翩公子一般就这样走过了汤姆逊瞪羚不远处，向不太远的一处土堆走去。这只猎豹很聪明，看到它不紧不慢，走到土堆这段距离，还假装张望和玩耍，作为人类的我，一眼可以识破它的小伎俩，这是再一次给小瞪羚卸下防卫的心理战。Philemon 此时说：“我们是先用午餐，还是在这里等它捕猎呢？它今天一定是要捕猎的了。”我们还未来得及商量，就看到猎豹从小土堆上跳了下来，朝着离汤姆逊瞪羚更远的一端闲庭信步地走去。

Philemon 建议我们退到远一点的地方进行我们的塞伦盖蒂午餐，因为我们食物的味道，会影响到猎豹的捕猎。我们表示同意，于是在远处一边享受我们的午餐，一边观察猎豹的行动。因为距离有些远，我们时常用相机 600 端当望远镜来观察它，这种感觉很有意思，觉得自己像一名猎手，观察猎物的行动，伺机而动地等待时机。

这一顿饭，我们的心思基本全在这只猎豹上，匆匆吃完就迫不及待地站在车里架好机器，因为我们心中很清楚，猎豹奔跑的速度世界第一，如何在第一时间抓到它在奔跑中捕猎，是一件很难的事情。

远远地，我们看到猎豹缓慢地再次走向之前的那个土堆，它再次跳上土堆张望，瞪羚们这次并没有上次那么警觉，接着它跳下土堆，绕到瞪羚相对较远的地方，缓慢地走着。这个时候，Philemon 与 Fili 已经意识到一场杀戮来临了，车子瞬间发动，朝着猎豹的方向开去。Fili 的车速非常快，我们已经在车上不停地摇晃，无法站稳。这时，我们离的距离还非常远，在这样动物不多、捕猎者与被捕杀者都清晰的环境下，Philemon 与 Fili 心照不宣地希望我们可以近距离地感受到这片土地上每天发生的事情。

车子刚刚稍有停顿，猎豹突然从刚刚绕路的地方，一下子蹿向汤姆逊瞪羚的方向，向其中的一只瞪羚扑了过去，汤姆逊瞪羚毫不逊色，一个腾空跳跃，躲开了第一次扑杀，接着飞快地往前跳跃奔跑，在离我们车大概不到 100 米的距离，一个急转弯，想甩开猎豹的追捕，但是猎豹的速度毫不逊色，四肢完全在地上腾空，肌肉的线条随着速度一次次拉开，就在转弯处三四米的地方，直接用前爪把汤姆逊瞪羚扑

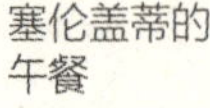
塞伦盖蒂的午餐

倒，几乎以我大脑不能反应的速度，直接锁住汤姆逊瞪羚的喉咙。可怜的小瞪羚睁着大眼睛，腿还在乱踢，但是它已沦为猎豹的午餐了。

我的肾上腺素还在飙升，我的血压还在忽上忽下，我的心脏还在腾腾地要蹦出，这一切就结束了，是5秒吗？不，或许只有3秒。我们在车里一片唏嘘，激动兴奋，为猎豹的速度与捕食技能感慨，为汤姆逊瞪羚化为午餐的现实惋惜。但是这里是塞伦盖蒂啊，这就是动物生活的一部分啊！在我的神还未回过来，对于刚刚的捕猎还心有余悸的时候，Fili 就把车子一个急转弯，朝着叼着汤姆逊瞪羚的猎豹追去，我的脑子还是蒙圈状，不知道 Fili 要做什么。Philemon 解释到，猎豹会藏食物，如果跟踪猎豹晚了，怕它躲藏起来，我们就无法看到它享用午餐。

塞伦盖蒂的午餐

在一片绿得发亮的草丛下，猎豹终于停了下来，我们在看到它时，它在距离我们的车只有不到5米的地方。猎豹也很聪明，它会判断我们对它是否有危险，是否来抢夺它的食物，确定我们并无恶意后，放心地把猎物放在草丛中，而它一直保持着气喘嘘嘘的疲惫状态，整个身体随着呼吸都上下浮动着，身体两侧一呼一吸的抖动很是明显。我问 Philemon：“为什么它这么久还不吃呢？”Philemon 告诉我：“它的血还很热，这个时候进食是会要了它的命的，它需要休息，休息后就会进食。”就这样大概过去了半个小时，猎豹开始对汤姆逊瞪羚进行撕咬。猎豹的第一口午餐是后腿内侧，我想这也许是汤姆逊瞪羚最鲜美的部位吧！

捕猎者的伪装

猎豹用了将近两个小时的时间勘察地形、放松猎

物的警惕，用了几分钟来制造假象，为伏击准备，用几秒钟时间追捕，然后一血锁喉。在大自然中，没有残忍与善良，只有现实。记得电影《我们诞生在中国》中，看似强者的雪豹，依然在面对环境与对手的残酷时死去。既然这里属于动物，属于自然，就不能用钢筋水泥城市的心去感受这里。非洲有一句谚语："你们称这里是非洲，而我们称这里是家园。"

塞伦盖蒂奥德赛的浪漫

塞伦盖蒂每一天都有着无限的惊喜带给我们，这里富有奥德赛中冒险的精神，同样有着非洲独特的浪漫情怀。在我们生活的这个地球上，最值得乘坐热气球的地方有两个，一处是如外星球一般的土耳其卡帕多奇亚，另一处则是东非大草原。

每年数百万只的角马会从塞伦盖蒂的西线以及中线向肯尼亚马赛

朝朝暮暮的旷野，却是我们奢侈向往的

这里是他的家，动物是他的家人，我们的向导Philemon

马拉河聚集迁徙。

肯尼亚与坦桑尼亚是两个邻近的国家，都属于东非。2000 万年到 3000 万年前，整个东非被一大片热带雨淋覆盖。后来因为地壳变化，东非从整个非洲大板块中剥离，形成一条巨大的陷落带，这就是“传说”的东非大裂谷的由来。这条大裂谷东侧逐渐被抬升，造就了现在东非高原地貌，气候发生了严重的变化，温度降低，降雨变少，越来越干燥，大片雨林萎缩，化为了茫茫草原。而西侧未被改变。

那片变化的草原被称为稀树草原，草取代了树木，成为生态体系中的核心，有些生物被淘汰了，也有些动物适应了新的环境，存活了下来。为了生存，那些以树叶为主食的反刍类动物，抓住了历史的机遇，进化出四个胃室，能够消化粗糙、坚韧的草本植物纤维。

稀树草原没有四季之分，只有旱季、雨季的交替。旱季长达半年，在这段时间里有些地方甚至可能会变成沙漠。而雨季来临时，大雨倾盆会达到数日。所以，动物就按照旱雨季来进行迁徙。

稀树草原食草类动物可以分为两类：迁徙与不迁徙的。反刍类动物如角马、汤姆逊瞪羚，消化方式特殊，依赖草料在肠胃中发酵获得养分，更加倾向营养价值高的植物，也就是经过反刍后，也不能提供足够的营养，所以到了旱季时，它们必须选择迁徙到长有青草的地方。而斑马能够适应营养最低的草类。因此，斑马的迁徙路线与角马不重合，它们可能走到中途就停下来折返。

奔跑了千年的主角——角马

拥抱世界就是拥抱自己，看100次心理医生，不如来一次旅行

每年的大迁徙是东非草原动物们的生存法则。这种迁徙在地球上唯有这片土地才可遇见，一生中怎么能不去一次?

在乘坐热气球的前一天，我们就在热气球飞行航线下的格鲁米提河边，亲身领略了一批批的角马过河的壮观景象，再次确认，我们的攻略做得非常到位，选定的酒店以及热气球公司都离格鲁米提河距离非常近，乘坐热气球航拍百万大军角马过河的时间及位置也是最佳的。

当太阳渐渐升起的时候，万物也开始苏醒，我们乘坐的热气球渐渐上升到格鲁米提河的上空。热气球不断攀升，角马在晨光中奔跑着，它们以“师、旅、团、营、连”的组合方式向北部的肯尼亚移动着，每个分队都有一头领队角马带领大家。在热气球上，领头角马清晰可见，它带领大家走最快的路线，带领大家躲避大型食肉动物的追捕，当百万角马在脚下奔跑，尘土飞扬在阳光照射下，气势如虹，热气球上的一行人不停地发出欢呼声。

拿相机拍累的我，静静地感受非洲这片土地，傻傻地看着大地上

地球给予我们的神奇，火山口酒店之上

奔跑的傻傻的角马，我总是认为角马很傻，很丑。此时，我对 UnlceL 说：“你说这角马多傻呀，每年如此周而复始地往返在肯尼亚与塞伦盖蒂之间，路途遥远，危险重重，就为了吃草。” UnlceL 说：“你看我们现在看着角马，像不像上帝在看我们。”我抬起头看看天空中的上帝，似乎懂得了角马的世界。正巧有两只落单的角马从热气球下跑过，仿佛在说着：“有人说我丑，也有人说我傻，经常沦为狮子、豹子的晚餐……但我每年仍然不发一语地穿过整个塞伦盖蒂到达马赛马拉，周而复始……默默地默默地成长着……”

当太阳完全升起来的时候，阳光照耀在我的脸上，也照亮了整片非洲大地，我把头不经意地靠在 UnlceL 的肩膀上，与他一起感受非洲，感受让我们相识、相知和相爱之地。

火山之上

我们的车从塞伦盖蒂城南门驶出，驶入恩戈罗火山保护区，这个

远方与诗歌，摄影与等待

听到了恩戈罗的安宁

直径为 18 千米的火山口里“圈养”着众多的野生动物，是东非野生动物世界的缩影。

进入保护区，沿着盘山路行驶，路的两旁都是各种叫不出名的植物，郁郁葱葱，遮天蔽日。我们车行驶越高，感觉气温越低。我们的酒店位于火山口的边缘，还未进入房间卸下行李，就迫不及待地与 UnlceL 到酒店的观景台，站在酒店观景台，环顾火山岩壁，俯视着辽阔的火山口盆地，真希望自己可以长出一双翅膀来，翱翔在这天地间。

6 月的恩戈罗火山盆地绿树成荫，虽然花海已经退去，但依然如花园般迷人，酒店的底部距离我们较近的盆地树木茂盛，远处的盆地却有干涸的迹象，就这样一处盆地，竟然有着截然不同的两种风景。远近错落的几眼清泉，汇集成一个永不会干涸的淡水湖及几处沼泽。让这里“圈养”的动物们得到了“丰衣足食”的生活。

简单在酒店休整后，我们驱车下了火山口，这里的动物非常慵懒，

穿越国境的纪念

它们没有迁徙的命运。奔跑中的动物都很少见，我们的车行驶到一片湖水前，Philemon 告诉我们，这个湖叫作马加蒂湖。这时，一群鹤轻盈地从头顶掠过，落在了马加蒂湖畔的草地上。它们头上顶着金黄色的羽冠，两颊呈白色，身体是灰蓝色，尾部披着黄褐色的垂羽；一双纤细的长腿更显得身姿婀娜、亭亭玉立。它们是皇冠鹤，被绣在了乌干达的国旗上。

传说很久很久以前，一位乌干达的王子外出远行，途中迷失了方向，正当他彷徨不知所措时，一群鹤飞到了他的面前，在他头顶盘旋，一路引领着他回到了王宫。王子继位之后，为了答谢这些鹤，亲自制作了皇冠，放到了它们的头上。和其他鹤科动物一样，皇冠鹤也是一夫一妻制，终生不渝，是爱情忠贞的象征。

沿着湖畔，我们继续往前走着。几辆车停在了道路的旁边，游客们都拿着望远镜，伸长脖子，朝着一个方向望去。原来是一头黑犀牛，恩戈罗火山的明星动物。黑犀牛是濒危物种，在这里大概生活着 30 多头，这里也是世界上黑犀牛密度最大的生活地。黑犀牛的视力不好，但是嗅觉十分敏锐。它们外表温顺，其实脾气非常暴躁，由于人类的盗猎，对人类充满了敌意。黑犀牛平均体重超过 1 吨，如果车辆过于靠近，很有可能会受到攻击。

恩戈罗还居住着一个狮群，我们是在即将回酒店休息的路上与它们相遇的，这个狮群大概有十几只，其中有一只雄狮，四五只幼狮，还有若干只雌狮，雌狮的年龄段从青少年到成年都有。它们一大家子在水边的芦苇旁休息，幼狮像小孩子一般不知疲倦地打闹嬉戏，有时候愣头愣脑地冲到父亲身边，父亲的威严看来是不可侵犯的，一个甩尾动作，就把顽皮淘气的小狮子抛到一边。在离湖畔很近的地方，两只雌狮相互蹭着彼此的脸颊。狮子这种食肉类动物之间主要通过气味、声音、形体变化以及身体接触来进行交流，身体摩擦表达问候和亲热。

恩戈罗火山口形成于 3000 万年前的地壳运动，最后一次喷发距今 25 万年。能够在旅途中感受这样神奇的地方，清晨睁开眼睛拉开窗帘，第一眼看到的是千万年的火山地貌，这种感觉太美妙了。

穿越国境线

很多朋友都问我，非洲安全吗，治安好吗，卫生安全吗？我们很幸运，几次非洲之行都很安全。就因为有了之前的非洲旅行经验，本次坦桑之行，我们需要从肯尼亚首府内罗毕飞回祖国，在坦桑尼亚到肯尼亚的这段路途中，我强烈要求坐大巴返回内罗毕，一路不仅可以欣赏两个国家的沿途风貌，还可以感受非洲的民风民情。这样的旅行方式，一直是我喜欢的。在我再三的要求下，并且确认了一路安全后，UnlceL 同意了我的建议，我们决定用坐大巴的方式，穿越东非两国的边境再回祖国。

怀着既忐忑又期待刺激的心情，我们上了大巴。说是大巴，其实不过十几个人，而且车上都未坐满。本以为我们的行李会被放在车顶，我还期待司机爬上车顶搬我们行李这一幕，可惜好心的司机见我们两个人是外国游客，为了方便，把我们的行李放在了最后一排。

一路路况非常好，友好的非洲姑娘还给我们拍了合影。在到达坦桑尼亚与肯尼亚的边境时，我有些紧张，首先车子停在了路边，大巴司机示意我们到坦桑尼亚边境站先在护照上盖章，我们刚一下车，就被一个瘦高的黑人兄弟热情地搭讪，我们顺利从坦桑尼亚边境站盖出境章后，他依然执着地等待着我们，这时候发现我们的车子已经开到了前方不远处。除了我们的行李外，还有两个摄影拉杆箱一直在车里，这些设备价值至少几十万啊！边境处虽然看似无任何冲突，但是街道熙攘，小商贩非常多，而且街头游荡的人也非常多，我们也不清楚这些游荡的人是做什么的。司机就这样把我们的所有行李带到了另一边，我的心里不时地有些担心。我们赶快小跑到车边上，司机示意我们跟着另一位乘客到另一个地方去，他的英语水平实在有限，起初我们以为他让我们一起去洗手间，我们确定行李安全后，跟着这位姑娘往前走，姑娘也非常友好地带着我们往前走。

坦桑尼亚到肯尼亚的巴士

我们往前走了很久，发现不是去厕所。突然，我和 UnlceL 两个人意识到，这是要步行到肯尼亚入关处进行身份审核。原来不是开车到达肯尼亚签证处门口，而是我们步行到达。

我们于是穿过两条马路，来到肯尼亚入关处。我很担心肯尼亚方会要求严格，当我站在入关员窗口时，心里一阵七上八下。她翻看了一番我的护照，然后给我拿出一张纸，让我填写相关资料，然后告知我要付款，但是按照我们之前的了解，是不需要缴费的。我心里想着，能拿钱解决的问题就不是问题，也在坦桑尼亚国内进行过了解，如果过境要收费，就大概给几十美金即可。我正要填写资料，入关员姑娘又翻看了我的护照，这次她看到了我在国内出发前就已经办理的肯尼亚的签证，肯尼亚本是落地签国家，但是正巧我们出行期间，对于国人签证排查比较严格，所以保险起见，我们还是办理了签证。这下子没有了任何异议，签证员直接让我按了手印，盖了章，非常顺利地进入了肯尼亚国度。

我和 UnlceL 双双顺利入关后，两个人如释负重。正在开心时，大巴车司机向我们招手，此时，刚下车时遇到的瘦高黑人朋友，也兴高采烈地凑了上来，我一直不解他为什么这么热情，而且一直跟随我们。大巴司机示意我们要过关检查行李，UnlceL 一个人在搬行李时候，瘦高黑人朋友就冲了上来，把我吓了一跳，以为他要打劫，后来才知道，他是来帮忙搬行李的。

我的心又紧张了起来，生怕过关行李会被卡，司机很是聪明，让我们用衣服盖在了相机拉杆箱上，在这么龙蛇混杂的边境处，如果我们把相机一一拿出来检查，不仅仅是入关会有可能罚钱，街上环境混乱，也有可能被有企图的人盯上。在老道司机的帮忙下，我们的行李未被罚款，也很顺利地过了关，瘦高黑朋友也是在边境处，借着出入境想挣点搬运行李的小费。

司机要大家再次上车出发时，我的心终于真的落下来了。我与

UnlceL 回顾着刚才有趣又紧张的出境入境过程。我们都很喜欢这样的经历，很是难忘，在肯尼亚与坦桑尼亚的边境处分别拍照留了念。

非洲草原——地球上一片充满惊喜和与众不同的土地。在这里可以看到光照在角马的背脊上，看到暗落在鬣狗的早餐上，看到风吹过雄狮的鬃毛间，看到影落在花豹下树的瞬间，看到汤姆逊瞪羚湖边喝水的安静，看到百万角马迁徙的尘土……看见转瞬即逝的瞬间，看见

渺小之中的伟大，看见生命的另一种意义。

每当我看到这些画面时，都会不经意地望向 UnlceL 一眼，我要确定他也同样看到了我所看，感受到了我所感，然后才可以安心地按下每一次的快门……我想坦桑尼亚只是又一个开始，我们还会再次踏上这片土地的。

为每一段旅程拍一些照片，写一段故事，它们变有了生命。愿每个生命都被这世界温柔相对

图书在版编目（CIP）数据

我与世界只差一场旅行 / 蓦然白 等著 . — 北京 : 中国铁道出版社 , 2018.2

（亲历者）

ISBN 978-7-113-23846-9

Ⅰ. ①我… Ⅱ. ①蓦… Ⅲ . ①游记 – 作品集 – 中国 – 当代 Ⅳ. ① I267.4

中国版本图书馆 CIP 数据核字（2017）第 239836 号

书　　名：我与世界只差一场旅行

作　　者：蓦然白等　著

策划编辑：聂浩智

责任编辑：孟智纯

版式设计：知路

责任印制：赵星辰

出版发行：中国铁道出版社（100054，北京市西城区右安门西街 8 号）

印　　刷：中煤（北京）印务有限公司

版　　次：2018 年 2 月第 1 版　2018 年 2 月第 1 次印刷

开　　本：880mm × 1230mm　1/32　印张：7　字数：280 千

书　　号：ISBN 978-7-113-23846-9

定　　价：49.80 元
